삶의 마지막 축제

삶의 마지막 축제

20012년 12월 24일 초판 1쇄 발행. 용서해가 쓰고, 이홍용과 박정은이 기획하여 펴냅니다. 이미경이 책임 편집을 했고, 전태영이 교정을, 이근호가 디자인 및 제작 진행을, 반지현이 마케팅을 합니다. 제판은 한컴(주), 인쇄는 영프린팅, 제본은 쌍용제책에서 각각 하였습니다. 출판사 등록일 및 등록번호는 2003. 2. 6. 제10-2567호이고, 주소는 121-250 서울시 마포구 성산동 628-5, 전화는 (02) 3143-6360, 팩스는 (02) 338-6360, 이메일은 shantibooks@naver.com입니다. 이 책의 ISBN은 978-89-91075-79-5 03810이고, 정가는 14,000원입니다.

이 도서의 국립중앙도서관 출판시도서목록(CIP)은 e-CIP홈페이지(http://www.nl.go.kr/ecip)와 국가자료공동목록시스템(http://www.nl.go.kr/kolisnet)에서 이용하실 수 있습니다.(CIP제어번호: CIP2012005918)

삶의 마지막 축제

용서해 지음

차례

3. 삶의 마지막 축제를 위하여

내 삶의 마지막 순간을 위하여

어느 날 우연히 호스피스 센터를 방문한 뒤 내 인생은 완전히 바뀌었다. 오랫동안 플루트 연주자로 살아온 내가 우연히 어느 분의 임종 자리에서 음악을 들려드리게 되었는데, 그분께 살아생전 마지막 음악을 들려드린 그 시간 이후 나는 '호스피스 음악가'의 길을 걷게 되었다. 돌이켜보면 그것은 내게 운명과도 같은 일이었다. 그 일을 하면서 나는 예전에는 느껴보지 못한 아주 특별한 보람을 느꼈고, 비로소 음악가로서의 내 삶을 찾은 기분이었다.

그 후로 짧지 않은 시간 동안 호스피스 봉사자로 살아오면서 암 환자를 위한 음식 쪽으로 관심이 넓어졌고, 그들에게 해줄 수 있는 음식을 직접 만들고 싶어 본격적으로 요리 공부도 하게 되었다. 그 결과 지금은 '호스피스 음악가'이자 '호스피스 요리사'로 살고 있다. '호스피스 음악가'니 '호스피스 요리사'니 하는 명칭은 내가 스스로에게 붙인 것이다.

죽음을 앞두고 하루하루 살아가는 이들을 만나는 동안 나는 그들이 몸과 마음으로 전하는 아주 특별한 이야기들을 들을 수 있었다. 그 이야기들은 세상의 여느 이야기들과는 달랐다. 내 주변 사람들에게 그들의 이야기를 들려주면 사람들은 하나같이 숨을 고르며 "나도 암에 걸릴 수도 있고 언젠가는 죽게 될 텐데, 지금 내가 제대로 살고 있는 걸까?" 하며 자신을 되돌아보곤 했다. 그러나 그들의 이야기와 만난 뒤 누구보다도 인생의 여정이 크게 바뀐 사람은 바로 나였다.

생의 마지막 의식을 붙잡고 있는 30분, 15분, 5분…… 그 마지막 시간을 어떤 사람은 힘겹게, 어떤 사람은 평온한 모습으로 맞았다. 살아온 모습이 제각기 다른 것처럼 떠나가는 모습도 다들 달랐다. 그분들의 숨이 다하는 순간까지 나는 곁에서 평소 그분들이 좋아하던 곡을 플루트로 연주했고, 플루트 선율이 흐르는 가운데 그분들은 마지막 숨을 거두었다. 누군가의 마지막 순간에 내 존재가 그렇게 기억될 수 있다는 건 놀라운 일이었다.

그들과의 만남이 깊어가면서 나는 내가 그들을 위해 '봉사'하는 것이 아니라 그들이 나에게 엄청난 선물을 주고 있음을 깨달았다. 내 살아온 날들을 되돌아볼 수 있게 되었고, 내 삶의 의미를 근본부터 되묻게 되었다. 그리고 조금씩 내가 소유해 온 것들, 내가 가진 지식이나 능력은 삶에서 어쩌면 그다지 중요한 게 아닐 수 있다는 것도 알게 해주었다.

호스피스 센터에서 만난 어느 여자 환자가 혼잣말처럼 나에게 던진

물음을 나는 지금도 잊지 못한다. “지금 나한테 가장 견디기 힘든 게 뭔지 아세요? 내가 오늘 죽어도 저 밖에 있는 사람들은 아무렇지도 않은 듯이 살아가겠죠? 정말 내 존재 가치가 이것밖에 안 되는 걸까요?” 나는 그 질문에 아무런 대답도 할 수 없었다. 나는 속으로 내 자신에게 물었다. 내 존재 가치는 뭘까? 적어도 내가 가진 재산이나 능력, 지식은 아닐 터였다.

그 후로 나는 나도 모르게 스스로에게 이렇게 묻곤 했다. '마지막 순간이 왔을 때 나는 살아온 삶에 대해 후회하지 않을 수 있을까? 난 지금껏 누구를 위해서 무엇을 하며 살아왔나? 내 자신의 행복을 위해, 내 존재 가치를 느끼기 위해 지금 이 순간 내가 할 수 있고 또 하고 싶은 것은 무엇인가?'

인생의 마지막 순간을 겪고 있는 사람들을 보면서 나는 이렇게 자신에게 근본적인 질문을 던졌고, 내 인생의 마지막을 그들의 모습 위에 겹쳐보곤 했다. 그리고 만족스런 죽음이란 곧 만족스런 삶에 다름 아니라는 것을 조금씩 깨달을 수 있었다. 내 삶에 만족할 수 있을 때 다른 사람들에게도 기쁨을 줄 수 있고, 함께 즐거움을 나눌 수 있으며, 감사하고 배려할 수도 있었다. 그럴 때 비로소 내 존재의 가치를 느낄 수가 있고, 삶도 완성을 향해 한층 나아갈 수 있겠다는 생각이 들었다.

돌아보면 이런 질문을 품고 살아갈 수 있는 기회가 내 인생에 선물처럼 주어졌다는 기분이 든다. 호스피스 음악가나 호스피스 요리사의 삶을 살게 된 것도 이러한 질문과 대답 속에서 받은 선물이었다. 플루트 연주를 통해 삶의 마지막 순간에 있는 사람들에게 평안과 위안을 줄 수 있어 좋았지만, 대부분의 암 환자들이 먹는 문제로 고통받는다는 사실을 깨달으면서는 그들을 위한 요리를 해주고 싶었다.

"죽기 전에 입맛 돋우는 음식 한번 맛나게 먹어보고 싶어요." 입 안에 침이 말라 어떤 음식도 넘기기 힘들어했던 어떤 분의 한마디가 오랫동안 귓가를 떠나지 않았다. 1급 지체장애자로 입맛은 살아있었지만 혼자서는 식사를 제대로 할 수 없는 한 환자도 이들에게 먹는 문제가 얼마나 중요한지 깨닫게 해주었다. 뒤틀린 몸으로 평생을 누워 지내다시피 살아온 그는 가족도 없어서 대소변 문제를 봉사자의 손에 맡겨야 했는데, 그것을 매우 불편해했고, 그 때문에 식사량에 아주 예민했다. 결국 마지막 며칠은 식사도 제대로 못한 채 세상을 떠났고, 나는 그때의 안타까움을 오래도록 잊을 수 없었다.

내가 좀 더 일찍 요리사의 길을 걸었더라면 삶의 마지막 순간을 조금이라도 더 행복하게 보내도록 도와드릴 수 있었을 텐데 그러지 못해 아쉬움이 남는 분들도 많다.

내가 요리사가 된 이후, 나는 문화 공간을 겸한 카페를 운영하면서 두 가지 행사를 꾸렸는데, 그 중 하나는 암 환자 가족들 후원금 마련을 위한 '사랑의 테이블'이다. 음악 공연과 음식이 있고, 후원할 가족의 사연이 소개되는 자리였다. 또 하나는 말기 암 환자들이 세상을 떠나기 전 가족이나 친구들과 함께 마지막 식사를 하며 못다 한 이야기를 나누고 사랑과 감사, 용서와 화해를 나누는 '삶의 마지막 축제'였다. 이 일은 호스피스 센터에서 임종 직전의 환자들을 만나면서 언젠가 꼭 하리라 결심했던 내 자신과의 약속이었다. 죽음이 코앞에 와 있을지라도 살아있는 동안의 인연을 잘 정리할 수 있도록 도와드리는 일이 호스피스 요리사로서 꼭 해야 할 일이라는 생각이 들어서였다. 실제로 임종을 앞둔 분들이 가족이나 가까운 지인들을 불러 함께 식사를 하면서 미처 풀지 못했던 문제들을 풀고 서로 화해하는 모습을 많이 보았다.

그러나 이 일을 시작하기 전에 돌아가신 분들 중에는 지금도 아쉬움으로 남은 분들이 있다. 살아생전 열심히 일을 해서 제법 부를 쌓았는데 그 모든 것을 뒤로하고 갑자기 죽어야 한다는 사실이 억울하고

분해서 떠나기 힘들어하던 분이 있었다. 가끔 부인이 찾아오기도 했지만 아내가 재산을 빼돌린다고 의심하면서 매번 큰소리로 다투었고, 부인은 늘 눈물바람으로 돌아가곤 했다. 그분이 임종했을 때 가족들은 그분 곁에 있지 않았다. 결국 산 자나 죽은 자 모두에게 상처만 더한 시간이었다. 만약 그분과 가족이 함께 화해와 용서를 나눌 수 있는 '삶의 마지막 축제'를 할 수 있었다면 어땠을까?

그런가 하면 가슴 아픈 사연 때문에 두고두고 미련으로 남는 가족도 있다. 여덟 살, 여섯 살 된 아이들만 남겨두고 함께 먼 길을 떠난 부부. 유난히 금슬이 좋던 그 부부는 아픔도 함께했고, 결국 죽음의 길도 함께 갔다. 그 가족을 생각할 때마다 나는 아이들에게 소중한 추억을 남겨줄 수 있는 '삶의 마지막 축제'를 열어주었더라면 어땠을까 하는 회한에 빠지곤 한다.

지금 나는 우리의 산야에서 자라난 재료들로 우리 몸에 더 적합한 호스피스 요리를 연구하고 만들기 위해 도시 생활을 접고 깊은 산속으로 들어와서 살고 있다. 웬만큼 깊은 산속이 아니고서는 오염되지 않은 재료를 접하기 어려워서이다. 자연 속에서 우리의 몸과 마음이 안식을 얻고 진정한 치유에 이르듯이, 자연을 닮은 음식이라면 몸뿐 아니라 마음까지도 치유하고 평화를 선물할 것이라고 믿는다. 탐욕과 경쟁, 분노와 미움 같은 우리 마음속의 암마저도 감사와 용서, 화해와 평화로 순환시키는 자연의 사랑을 배우길 바라면서 나는 오늘도 자연의 품속을 걷는다.

산속에 있어 예전처럼 정기적으로 밥상을 차려드리는 일은 못하지만, 인연이 있는 호스피스 센터를 통해 말기 암 환자나 그 가족들의 부름이 있을 때 찾아가 '삶의 마지막 축제'를 소박하게 열어드리곤 한다.

이 책은 이렇게 호스피스 음악 봉사 활동을 하며 만난 사람들, 암 환자 가족 후원을 위한 '사랑의 테이블'에서 만난 사람들, 또 '삶의 마지막 축제' 때 차려드린 음식을 먹고 연주를 들으며 때로는 아름다운 모습으로 때로는 처절한 슬픔 속에 지상에서의 마지막 시간을 보낸 사람들의 이야기를 담았다.

지금은 떠나고 없는 많은 분들의 이야기를 허락도 없이 책으로 엮는다는 게 죄송한 마음이 들어 한동안 책을 쓰지 말까 고민하기도 했다. 하지만 먼저 떠난 분들이 남기고 간 이야기가 나의 글을 통해서 다른 사람들에게 전해지고 뭔가 삶의 의미와 가치에 대해 한 번 더 생각할 기회가 된다면 그분들도 어디에선가 흐뭇하게 바라보며 이해해 주실 것 같다는 생각이 들었다.(참고로 이 책에 등장하는 분들의 이름은 모두 가명임을 밝혀둔다.)

그와 함께 나는 이 책을 통해, 삶의 마지막 시간을 외롭게 보내고 있는 누군가에게 진심어린 마음으로 다가가는 '삶의 마지막 축제'가 곳곳에서 일어나길 희망한다. 그러면 그분들은 여러분에게 어떻게 하면 행복하게 살 수 있는지 그 비밀을 알려줄 것이다. 내 삶을 통째로 바꿔버린 '그분들'과의 인연처럼……

멋진 초대가 아니어도, 밥상이 근사하지 않아도 상관없다. 정성으로 담근 시원한 물김치, 따끈한 누룽지 한 그릇 사이에 두고 눈을 마주하며 이야기 들어주는 친구가 되는 것만으로도 충분하다. 추억이 담긴 음식을 사이에 두고 사랑과 감사, 화해와 용서의 에너지가 담긴 이야기를 나눌 수 있다면, 그보다 멋진 '삶의 마지막 축제'가 또 있으랴. 그것만으로도 생의 마지막에 있는 그분들께는 더없이 아름다운 순간이 되어 영원히 기억될 것이다.

모두가 살아있음을 느끼는 지금 이 순간,
마지막을 준비하는 누군가가 문득 생각난다면
다음으로 미루지 마세요!
마지막을 기다리는 그분의 시간은 우리를 기다려주지 않는답니다.
지금 당장 무엇이든 진실한 사랑을 담아 그분께 다가가 보세요!
우리도 언젠가는 손에서 꼭 잡고 있는 그 무엇들을
모두 놓아야 할 때가 오겠죠!
그리고 또 우리를 위해 누군가는 말하겠죠!
"먼저 가서 기다려줄 친구를 위하여!"라고.

1
단 한 사람을 위한 음악회

호스피스가 된 플루티스트

나는 사춘기가 막 지난 열일곱 살에 프랑스 파리로 유학을 떠났다. 그곳에서 음악 학교를 졸업하고 한국에 돌아와 서울시립교향악단 단원이 되었다. 플루티스트로서 활동을 시작한 뒤 국내외에서 다양한 공연을 왕성하게 치러냈다. 음악가로서의 삶도, 일상적인 삶도 비교적 만족스러웠다.

오케스트라 음악의 특성상 개인의 독창성보다는 완전한 화성을 위해 내 감정을 절제해야 해서 때로는 답답함을 느끼기도 했지만, 모든 악기의 선율이 한데 합쳐져서 엮어내는 그 웅장함에 빠져들 때면 나는 온몸에 전율이 일기도 했다. 그리고 그 순간만큼은 내가 연주자라는 사실에 행복했다. 연주가 끝나고 박수와 함성 소리가 공연장을 가득 메우는 순간에는 세상이 온통 음악가들을 위해 존재하는 것처럼 느껴지기도 했다. 음 하나의 실수도 용납하지 못하는 음악가들이 공연을 위해 최선을 다한 결과에 대한 보답이라는 생각도 들었다.

그러나 무대에서 내려오면 주체할 수 없는 허무감이 엄습했다. 무대 위에서 느꼈던 그 특별한 감정이 관객의 박수와 함성으로 인해 생긴 일시적인 착각이었음을 깨닫는 데는 오랜 시간이 걸리지 않았다. 대다수의 관객들은 연주회장을 떠나는 순간 바로 전에 들었던 음악이 무엇인지 기억도 하지 못했다. 그럼에도 많은 음악가들이 관객의 인정과 박수를 바라며 무대 위에 서곤 한다는 것이 씁쓸하게 느껴졌고, 인생의 귀한 시간을 그렇게 낭비하고 있다는 생각이 들었다.

마음 한구석에서는 늘 공허함이 떠나질 않았다. 그리고 공허감 뒤로 질문 하나가 떠오르곤 했다. '음악은 나에게 무엇일까? 음악가로서 나는 행복한가? 진실한 음악가로서 내가 해야 할 일은 무엇일까? 사람들에게 왜 음악이 필요한 걸까? 음악이 사람들에게 어떤 영향을 미치는 걸까? 도대체 모차르트, 바하가 우리의 삶과 무슨 상관이 있는 걸까? 천천히 그 답을 찾아가는 사이 나는 내가 미처 의식하지 못했던 한 가지 사실을 깨달았다. 그동안 나는 안전한 회전목마에 걸터앉아 그 위에서 인생의 의미와 가치를 찾으려 했던 것이다. 연습, 집, 공연. 다시 연습, 집, 공연…… 그렇게 20년의 세월을 살아왔으니, 그것은 안락한 회전목마에 편히 앉아 목마가 움직이는 대로 빙글빙글 따라 돌면서 산 것이나 다름없었다. 나의 삶이 어디를 향해 가는지도 모르는 채 말이다.

"인간이란 자기가 지나가는 장소에 멈춰 서서 그곳의 아름다움을 한껏 음미해 보고 싶어하지만, '걸어라! 걸어라!' 하고 외치는 어떤 커다란 힘 때문에 그러지 못하고 그냥 지나쳐가는 나그네와 같다. 이렇게 해서 인간은 자신을 두려움에 떨게 하고 끝내 자신을 삼켜버리고 말 심연의 끝에 어김없이 도달하는 것이다."

엄마로서 아내로서 또 며느리로서 해야 할 일들을 또박또박 잘해냈고 플루티스트로서도 잘 나가는 것처럼 보였지만, 내 가슴에는 어디선가 읽은 철학자 보쉬에의 이 말이 늘 체기처럼 얹혀 있었다. 나는 내가 어디를 향해 나아가는지도 모르고 있었고, 잠시 멈춰 서서 삶의 순간들을 느낄 마음의 여유도 없었다. 어딘지도 모르면서 계속 앞으로 나아가지 않으면 안 될 것 같은 불안감과 두려움 속에 하루하루를 살아가고 있었다.

집안일과 공연을 준비하고 연습하는 것이 내 삶의 거의 전부였다. 내가 좋아서 시작한 음악이었지만 겉보기와는 달리 더 이상 즐겁지가 않았다. 한 공연이 끝나고 나면 또다시 박수 소리 가득한 무대를 상상하면서 매일매일 같은 곡을 수도 없이 반복해서 연습했다. 지루했지만 연습을 멈출 수 없었다. 어린 시절 꿈꿨던 음악가의 행복은 늘 저만치 떨어져 있었다. 늘 누군가를 의식해야 하는 예술가의 삶이 한없이 피곤하고 서글프게 느껴지기도 했다.

나를 돌아볼 여유도 없었다. 숨 돌릴 틈도 없이 빠르게 흐르는 시간 속에서, 꽉 짜인 일정에 맞추어 마치 기계를 다루듯 악기를 연주했고 공연을 하러 다녔으며, 집에 돌아오면 또 주어진 역할들이 나를 기다리고 있었다. 어쩌면 그것은 회전목마에 앉아 안전하게 살아가는 데 따른 대가라는 생각도 들었다. 나 아닌 누군가로부터 내 삶의 안전을 보장받는 대신 나는 그에게 나의 기쁨과 행복의 주도권을 쥐어준 꼴이었다. 회전목마에 앉아 편히 살아가는 삶이 행복할 거라 생각했던 건 한갓 착각이었다. 진정 자유로워지려면 제 발로 회전목마에서 내려서야 했다. 물론 그러려면 경제적인 문제를 포함해 그만한 위험을 감수해야 한다. 그러나 그때까지만 해도 자유롭고자 하는 열망보다는 아직 두려움이 더 컸다.

그러던 어느 날이었다. 벌써 15년 전의 일이다. 지인의 부탁으로 난 생처음 호스피스 센터를 방문하게 되었다. 어느 말기 암 환자의 임종 자리였다. 나는 부탁을 받고 그곳에서 말기 암 환자의 마지막을 함께 하면서 그분만을 위해 플루트를 연주했다.

단 한 사람을 위한 음악회…… 지금 생각해 보면 마치 운명과도 같은 일이었다. 플루트를 연주하는 내내 말로 표현할 수 없는 어떤 강렬하고 특별한 느낌이, 멋있고 화려한 무대에서는 한 번도 경험해 보지 못한 벅찬 감정이 가슴을 파고들었다.

이제 곧 세상과 작별할 이가 내가 연주하는 음악을 들으며 마지막 시간을 정리하는 모습을 바라보는 건 나로서는 감동 그 자체였다. 그분의 얼굴에는 사랑과 감사, 용서와 화해의 감정이 두루 서려 있었다. 삶의 마지막 순간, 기쁨과 슬픔이 교차하는 눈빛으로 가족과 작별의 인사를 나누던 그분은 플루트의 선율이 흐르는 가운데 평안하게 마지막 숨을 내쉬었다. 하잘것없는 나의 음악이 한 인생의 마지막을 그토록 편안한 길이 되도록 도울 수 있다니, 참으로 놀라운 경험이고 발견이었다.

나는 비로소 내가 해야 할 일이 무엇인지 찾을 수 있었다. 그리고 결국 그날의 경험이 나를 호스피스 봉사자의 길로 이끌었고, 지금의 호스피스 요리사가 되는 계기가 되어주었다. 내 인생의 의미와 가치를 발견하는 데 중요한 열쇠가 그렇게 우연찮은 경험을 통해서 내게 주어진 셈이었다.

그 후 일주일에 한 번 호스피스 센터에 임종을 위한 음악 봉사를 하러 다니기 시작했다. 죽음을 앞둔 분들은 음악을 음악 그대로의 아름다운 선율로 받아들였다. 알고 있는 지식으로 음악을 판단하거나 형식에 얽매여 짐짓 점잖은 체하거나 마음에 이는 감흥을 무표정한 얼굴로 감추려 하지 않았다. 간단한 화음과 선율만으로도 어린아이처럼 행복해했다.

나는 그들을 위한 연주를 하면서 음악가로서 내가 나아갈 방향과 목적을 명확히 깨달았다. 예전에는 객석을 향해 내 감정을 음악으로 어떻게 표현하면 좋을지 막연하던 것들이 비로소 분명하게 찾아지기 시작했다. 음악을 통해서 죽음 앞에 선 이들에게 과거의 아름다운 기억을 되새기게 해주는 것, 혹은 감동적인 음악을 쓴 작곡가의 내면과 이어줌으로써 삶의 마지막 순간 마음의 위안을 찾고 평화를 얻을 수 있도록 도와주는 것이 바로 호스피스 음악이었다.

그런 음악을 연주하면서 나는 비로소 희로애락의 감정을 가슴속에서 온전히 꺼내고 또 표현할 수 있었다. 그와 동시에 오랫동안 내 마음 한구석에 자리 잡고 있던 공허함이 사라지고 머릿속을 복잡하게 하던 수많은 질문들이 하나둘 정리되어 갔다. 마음속에 소용돌이치던 자유로운 삶, 가치 있는 삶에 대한 갈망도 자연스럽게 해소되기 시작했다. 내가 만약 호스피스를 알지 못했다면 어쩌면 지금까지도 나는 그 틀 안에서 그날이 그날 같은 삶을 살고 있었을지도 모른다. 가슴속에 공허감만 계속 쌓아가면서.

그렇게 나는 물 흐르듯 자연스럽게 새로운 삶으로 옮겨갔고, 지금까지와는 다른 두 번째의 삶을 시작하게 되었다. 생의 마지막을 앞둔 이들에게 호스피스 음악가로서 내 인생의 남은 시간을 내어드리는 것, 그것은 너무나도 자연스럽게 내 두 번째 삶의 주제요 목적이 되어갔다. 그리고 그 길에서 내 삶의 의미와 가치를 누리며 살고 싶었다.

센터에 봉사하러 가는 날이 거듭될수록 나는 호스피스 음악가로 활동하는 것에 점점 더 깊이 빠져들었다. 음악을 연주하면서 나는 삶의 마지막을 보내고 있는 사람들과 많은 이야기를 나눌 수 있었다. 그들과의 대화는 지극히 일상적인 것들이었다. 하지만 놀랍게도 그들로부터 나는 미처 생각지 못했던 수많은 선물들을 받았다. 그들이 전해준 모든 선물에는 지혜로운 삶의 비밀들이 숨어 있었다. 시련과 고통, 설움을 겪고 위기의 끝자락에 가본 자만이 알고 있고 줄 수 있는…… 거기에 더해 그들은 나에게 진실한 삶이 무엇인지도 가르쳐주었다.

세상에서 가장 아름다운 입맞춤

호스피스 센터에서 막 음악 봉사를 시작했을 때는 아직 서울시립교향악단에서 활동하고 있던 때라 일요일에만 갈 수 있었다. 아침에 도착하면 먼저 병실 주변을 잘 살펴보고 도와드릴 일이 무엇인지 세심하게 살펴야 한다. 환자들 가운데는 가족이 없는 사람이 많고, 있다 해도 찾지 않는 경우도 적지 않다. 봉사자는 이처럼 돌봐줄 가족도 없고 혼자서 식사하기가 힘든 환자들을 찾아가 식사하는 것을 돕는다.

가끔은 아무도 미처 챙기지 못해 아침 식사가 침상 옆에 그대로 놓여 있는 경우도 있다. 미안한 마음에 환자에게로 다가가 눈을 마주치면, 마치 기다리고 있었다는 듯 물끄러미 쳐다보며 이렇게 말을 건네기도 한다.

"저, 봉사자님. 아침 식사가 뭔지 봐주시겠어요?"

그 말은 "미안하지만 좀 도와달라"고 부탁하는 것이다. 나는 얼른 옆에 앉아서 밥주발과 반찬 뚜껑을 연다.

"어머, 현미로 만든 미음이네요. 구수한 냄새가 좋은데 드셔보겠어요? 물김치도 새콤한 것이 입맛이 돌 것 같은데요?"

나는 어떻게든 음식이 맛있어 보인다는 표현을 해드린다. 그래야 환자가 식욕이 당겨 밥 한 술이라도 뜰 수 있을 테니까. 어떤 때는 환자가 잠에 취해 음식이 온 것을 모를 때도 있고, 전날의 저녁 식사가 침상 옆에 그대로 놓여 있는 때도 있다. 그럴 때면 나는 잠든 환자를 깨우고 옆에 앉아 입으로는 수다를 떨며 식사를 도와드린다.

"좋은 아침이에요. 저 아시죠? 음악 봉사하는 사람이에요. 식사가 그대로인데 좀 도와드릴까요?"

웃으며 인사를 건네면 그들도 천천히 눈을 뜨고 정신을 가다듬으며 일어나 앉는다.

"음악가의 손길로 먹여주시면…… 저야 영광이죠."

어떤 분은 이런 말로 나를 겸연쩍게도 하는데, 그렇게 말문이 열리면 다음부터는 이야기가 봇물 터지듯 술술 쏟아진다. 먼 길을 어떻게 왔냐는 둥 힘들지 않느냐는 둥 오히려 봉사자인 나를 걱정해 주기도 한다.

식사를 하는 중에 잠에 빠지는 분도 있다. 그러면 창문을 열어 시원한 아침 공기를 들게 하고 창 밖으로 보이는 계절 소식을 조잘조잘 전하기도 한다. 한 술이라도 더 들게 하기 위해서이다.

여러 환자들을 도우면서 얻게 된 지혜라 할까, 아무도 돌봐주는 이가 없이 식욕마저 잃어버린 환자에게는 무엇보다 효과 만점인 내 나름의 특효약을 내밀기도 한다.

"식사 후에 같이 산책이라도 할까요?"

이 말은 어떤 환자를 막론하고 눈을 반짝 뜨게 하는 마법의 주문이다.

내가 이토록 환자들에게 식사를 꼭 하게끔 하는 데는 이유가 있다. 대부분의 말기 암 환자는 먹는 일이 제일 큰 일 중 하나이다. 항암 치료로 식욕을 잃은데다 몸이 극도로 불편하고 기력이 떨어져 먹을 힘조차 없기 때문이다.

그 시절 나와 함께 봉사 활동을 했던 분들 가운데 호스피스 센터에서 남편을 여의고 난 뒤 봉사자가 된 부인이 있었다. 환자들의 식사를 도우면서 그녀가 우는 모습을 나는 여러 번 보았다.

"제 남편도 꼭 이랬어요. 잠들게 하는 게 편하게 해주는 건 줄 알고 전 그냥 기다리기만 했지요. 식사를 몇 끼 거르더니 바로 체력 저하가 오면서 혼수 상태가 되더라고요. 지금 그게 제일 미안하고 후회스러워요. 밥만 잘 챙겨 먹였어도 함께할 시간을 조금은 더 가질 수 있었는데……"

그 부인은 환자가 입맛이 없거나 음식을 잘 들지 못해서 식사 시간이 아무리 오래 걸려도 끝까지 곁에 붙어 앉아 음식을 들게 했다. 그 모습을 보면서 나는 저런 봉사가 바로 진심과 사랑이 담긴 봉사가 아닐까 생각을 했었다. 그 부인을 보고 나서부터 나도 환자들의 식사에 더욱 관심을 가지게 되었다.

그 무렵의 일이다. 그날도 여느 때와 다름없이 아침 식사 봉사를 마치고 병실에서 막 나오는 참이었다.

"김영숙 님 방에 가실 수 있으면 좋겠는데요. 마지막 시간이 곧 올 것 같아요. 남편이 계시지만 힘들어하세요."

간호사 한 분이 나를 보며 다급히 말했다. 나는 평소 그분이 좋아하던 곡들의 악보와 악기를 챙겨 서둘러 그분 방으로 갔다. 늘 조용하던 방에서 환자의 거친 숨소리가 크게 들렸다. 환자는 거의 의식이 없는 듯 항암 치료와 통증 치료 때문에 발갛게 물든 치아를 다 드러낸 채 누워 있었다.

말기 암 환자들의 고통은 차마 옆에서 볼 수 없을 정도이다. '아파한다'는 표현으로는 한참 부족하다. 그분 역시 의식이 없는 상태에서도 몸은 온통 통증에 휩싸인 듯 얼굴이 일그러져 있었다. 미간에는 주름이 잡혀 있고, 입은 잘 쉬어지지 않는 숨을 쉬느라 크게 벌어진 상태였다. 양치질을 못한 날이 며칠 되었는지 치아 사이에 음식물 찌꺼기가 그대로 끼여 있었다.

아내의 신음소리에 남편은 어쩔 줄 몰라 하면서 아내의 두 손만 꼭 붙잡고 있었다. 남편의 눈에서 흘러내리는 두 줄기 눈물이 시트 위에 뚝뚝 떨어지는 소리만 유독 크게 들렸다.

"평소에 좋아하시던 찬송가로 가시는 길 편히 가시게 도와드리고 싶어요."

조그마한 목소리로 남편 분에게 말을 건네는데, 어쩌면 내가 두 분의 조용한 이별을 방해하는 건 아닐까 하는 생각이 잠깐 들었다. 환자의 남편은 억지로 울음을 참아내며 "감사합니다"라고 말했다. 그러는 와중에도 그는 잠시도 아내의 얼굴에서 눈을 떼지 않았다.

나는 플루트를 입에 대고 그분이 좋아하던 찬송가를 조용히 연주했다. 내 연주에서 어떤 감정이 마지막 순간을 맞는 당사자나 그 가족에게 전달되는지 정확히 알 길은 없지만, 나는 그런 순간에 한 가지만은 분명하게 느낄 수 있었다. 늘 부르던 노래를 들으면서 그분들이 위안을 얻고 이생에서의 마지막 여정을 훨씬 편안히 받아들인다는 것을 그분들의 표정을 보며 확연히 느낄 수 있었다.

편안하게 죽음을 맞고 받아들이는 분들을 보면서 나는 죽음에 대한 고정 관념에서도 조금씩 벗어날 수 있었다. 한 성인은 "죽음은 두려워할 바가 아니라 오히려 바라야 할 바"라며 죽음을 부정하려 들기보다 긍정적으로 받아들이라고 말하기도 했다. 죽음을 긍정하고 바란다는 것은, 그것이 천국이건 극락이건, 죽음 후에 나를 기다리고 있는 뭔가가 있다고 믿지 않으면 불가능한 일이다.

간혹 마지막 순간을 지나고 있는 분들을 지켜보면서 이분들이 그 순간 삶 너머의 뭔가를 보는 것은 아닐까 하는 생각을 할 때가 있다. 만약 뭔가가 있다면, 그것을 죽음에 임박해서나 죽은 뒤가 아니라 살아생전에 깨달을 수 있다면 그보다 더 복된 일이 어디 있을까? 그럴 수만 있다면 지금 눈앞에 보이는 것들이나 사람들과의 관계에서도 집착을 내려놓고 훨씬 더 가볍고 자유롭게 그것들을 대할 수 있지 않을까?

이들 내외분의 이별은 뭐라 말할 수 없을 만큼 평온하고 고요했다.

남편은 아무 말도 하지 않고 그저 아내의 손과 발, 얼굴을 물수건으로 정성스레 닦아줄 뿐이었다. 그 손놀림 하나하나가 마치 아내의 생김생김을 모두 기억해 두려는 것 같아 보였다.

남자의 침묵은 가슴에 담아둘 말이 많아서라고 했던가? 나는 그가 혹시 아내에게 할 말이라도 있지 않을까 하여 연주를 잠시 멈추고 그 자리에 가만히 서 있었다.

얼마 후 남편의 체온을 충분히 느껴서인지 아내의 표정이 조금 전보다 한결 편안해 보였다. 대개 호흡이 곤란한 말기 암 환자들은 입을 크게 벌리고 거친 숨을 쉬게 마련이고, 그 때문에 입술이 바싹 마르고, 심지어는 물도 마실 수 없게 된다. 젖은 거즈를 입에 대 물기를 적셔주기도 하지만, 그래도 숨쉬기 힘들어하는 건 마찬가지이다.

그분 역시 입으로만 숨을 쉬었기 때문에 입술은 말라서 갈라지고 입 속과 혀까지 다 헐어 있었다. 남편은 그런 아내를 애처롭게 바라보았다. 그때 아내가 혀를 조금 움직이려는 모습이 보였다. 그 순간, 남편이 얼른 물 한 모금을 머금더니 아내의 갈라진 입술에 자기 입을 대고 촉촉이 적셔주는 게 아닌가. 그러더니 곧 아내의 벌어진 입 안에 한 방울 한 방울 물방울을 떨어뜨렸다.

그 모습을 보는 순간 나는 잠깐 심장이 멈춘 듯했다. 감히 상상도 못한 입맞춤이었다. 그것은 두툼한 물 거즈를 입에 대주는 것과는 차원이 다른 것이었다. 헐어 있는 입속이 아프지 않게 하려는 지극한 사랑의 표현이었다.

의식이 거의 없는 상태에서도 남편의 입술을 느낄 수 있었는지 아내는 한참 만에 혀를 움직이더니 입술에 묻은 물기를 핥아 입 안을 적신 뒤 물방울을 간신히 목으로 넘겼다. 아내의 반응을 지켜보던 남편은 조심스레 몸을 기울여 아내의 귀에 나지막한 목소리로 속삭이듯 말했다.

"사랑해요……"

얼마나 기다렸을까, 여태껏 한 마디도 없이 있다가 그제야 가슴에 담아둔 한 마디의 소중한 고백을 하는 남편. 아무리 원해도 이제 더는 나눌 수 없는 사랑, 그러기에 남편의 목소리에 담긴 그 사랑의 고백은 슬프고 안쓰럽기만 했다. 그러나 사랑한다는 그 말에 아내는 보일 듯 말듯 고개를 끄덕였다.

일주일 뒤 다시 그곳에 갔을 때 나는 더 이상 그 부부를 볼 수 없었다. 간호사들 말로는 임종 때까지도 남편이 아내 곁을 지키며 젖은 거즈 대신에 자신의 입으로 아내에게 물을 먹였다고 했다.

요리를 시작하면서 알게 된 이탈리아 디저트 음식 중에 '귀부인의 키스baci di dama'라는 과자가 있다. 똑같은 크기로 과자를 만든 뒤 원하는 속재료를 넣고 과자 두 개를 붙여서 만드는데, 이 과자를 만들 때마다 나는 그 부부의 아름다운 입맞춤이 떠올랐다. 그래서인지 두 개의 과자를 붙일 때 최대한 정성껏 마음을 모아 붙이게 된다.

호스피스 요리사가 된 지금, 그분이 살아있다 하더라도 물 한 방울 삼키기 어려워하는 그분께 해드릴 요리는 없겠지만, 물 한 모금 입에 넣어주는 그 남편의 정성과 사랑만큼은 호스피스 요리사로서 음식을 만들 때 꼭 새기고 싶은 것이 되었다.

마지막 임종을 함께하지 못해 아쉬웠던 그 부인과 세상에서 가장 아름답고 소중한 사랑의 모습을 보여준 남편 분께 이제라도 다시 인사를 드리고 싶다. 물 한 모금의 그 입맞춤이야말로 세상에서 가장 아름다운 입맞춤이었다고, 그렇게 말씀드리면서.

자유로운 영혼의 '잡놈, 할아버지

두 번째 이야기

크리스마스가 다가오면 호스피스 센터에는 활기가 넘친다. 센터에 있는 사람들 모두가 "메리 크리스마스!" 하며 정다운 인사를 나눈다. 크리스마스 준비로 들떠 있는 호스피스 센터에 평소보다 일찍 도착한 나는 얼른 '잡놈 할아버지'의 병실부터 찾았다.

"할아버지! 메리크리스마스."

"음악하는 아가씨로구먼! 어서 와."

"아가씨라뇨? 아줌마예요 호호."

"그럼 왜 아가씨처럼 하고 다녀?"

할아버지는 늘 재미있는 말로 사람을 유쾌하게 만드는 재주를 가진 분이었다. 할아버지의 병실에는 언제나 그렇듯 많은 책이 쌓여 있었고, 침대 옆 탁자에는 꽃 한 송이가 얌전히 놓여 있었다. 그리고 방 안 가득 은은한 고전 음악이 흘렀다. 할아버지는 환자복 대신 멋진 나이트가운을 입고 있었다.

"왜 꼭 환자복을 입어야 돼? 누가 환자인 거 모르나? 난 여기가 호텔이다 생각하고 있을 거야!"

할아버지를 처음 본 건 불과 얼마 전이었다. 식사를 도와주러 한 병실로 가고 있는데 중간에 열려 있는 문 사이로 책을 읽고 있는 할아버지의 모습이 유난히 눈에 쏙 들어왔다. 얼마나 품위 있어 보이던지…… 그 병실을 지나칠 때마다 슬쩍슬쩍 방 안을 들여다보곤 했는데 할아버지는 늘 같은 모습이었다. 호스피스 센터에 올 정도면 꽤 힘든 상황일 텐데도 할아버지는 반듯한 자세에 외모도 깔끔했다.

"안녕하세요? 할아버지, 저는 음악 봉사자예요. 듣고 싶은 곡 있으면 말씀해 주세요."

미소 띤 할아버지의 모습이 첫 대면인데도 전혀 낯설지 않았다.

"연주하는 거, 모니터로 자주 봤어. 반가워."

"책 읽으시는 모습이 꼭 학자 같으세요."

"학자는 무슨? 그냥 잡놈이라고 불러!"

"예? 잡놈이요?"

"그래. 나는 잡놈이야. 어느 한쪽에 치우치지 않고 이것저것 다양하게 알고 싶었어. 한 우물을 판 건 없어도 잡다하게 많은 경험을 하며 살았지. 그래서 난 잡놈이야!"

세월이 한참 지난 지금에야 나는 그때 할아버지가 뭘 말하려고 했는지 이해를 한다. 하지만 그 당시에는 '잡놈'이라는 표현이 그저 욕처럼 들려서, 퍼뜩 '할아버지의 인생에 문제가 많았나?' 하는 생각을 했다.

그날은 크리스마스를 며칠 앞둔 날이어서 할아버지께 연주도 해드리고 크리스마스 선물도 드릴 참이었다. 할아버지는 기다렸다는 듯 좋아하는 음악들을 청하셨다. 그 중에서도 멘델스존의 〈명상곡〉과 지금은 〈유 레이즈 미 업You Raise Me Up〉으로 널리 알려져 있지만 원래는 아일랜드 민요인 〈런던데리 에어Londonderry Air〉라는 두 곡이 기억이 나는데, 이 두 곡은 내 아버지와의 추억이 깃들어 있어서 왠지 할아버지가 더 가깝게 느껴졌었다.

할아버지는 원제목까지 정확히 알고 있었다.

"〈런던데리 에어〉를 우리는 〈아! 목동아〉라는 곡으로 부르지. 아일랜드의 독립을 위해 숨진 영웅들을 위한 가사를 담고 있어. 젊은 시절 우리도 그네들과 같은 마음으로 이 노래를 부르곤 했어! 우리 세대는 격변의 시대를 살았잖아. 우리나라도 젊은 청년들이 일제 강점기 때, 또 6·25전쟁 때 싸우다 죽어간 사람들이 얼마나 많았나? 요즘 사람들이 알아나 줄까? 이 노래에는 그런 사람들의 이야기가 담겨 있어."

할아버지는 내 아버지와 같은 시대를 산 분이었다. 바이올린 연주가 취미였던 아버지도 이 음악을 연주할 때면 늘 눈을 지그시 감고 연주하곤 하셨다.

음악을 사랑했던 아버지와 어머니 덕에 나는 자연스럽게 음악적인 분위기 속에서 자랄 수 있었다. 자식들 중 누군가는 음악가로 자라길 원하셨기에 음악을 전공하겠다는 나의 결정도 기꺼이 응원해 주셨다. 음악 공부를 본격으로 시작하면서 나는 무수히 많은 멜로디들과 만날 수 있었다. 그 멜로디들은 어릴 적 내 다른 기억들과 함께 오롯이 남아 있다. 피아노, 바이올린, 첼로 등을 거쳐 내 인생의 반려자가 된 플루트를 만나게 되었는데, 플루트를 만나자마자 나는 사랑에 빠져버렸고, 얼마 지나지 않아 아름다운 소리를 낼 수 있었다. 이미 수많은 곡들을 들었던 터라 좋은 소리가 어떤 것인지는 피부로 느낄 수 있었다.

사춘기 무렵 '음악으로 사람들을 행복하게 했으면 좋겠다'는 소망을 품었던 기억이 난다. 어떤 사람은 내가 전문 연주가의 길을 버렸으니 음악에서 멀어지지 않겠느냐고 걱정하기도 하지만, 나는 지금 바로 그때의 소망대로 살고 있다. 더 이상 전문 연주가로 살지 않고, 그것도 호스피스 요리라는 한참 동떨어져 보이는 길을 가고 있지만 그렇다고 해서 음악에서 멀어지는 것은 아니다. 플루트는 여전히 내 인생의 반려자이다. 더욱이 음악은 요리를 연구할 때 수많은 영감을 주는 원천이 되고 있다.

외양보다 더 중요한 것은 그 안에 담긴 정신이요 혼이 아닐까? 바로 '잡놈'을 자처하는 할아버지에게서 보이는 자유로운 영혼처럼 말이다.

"아, 목동들의 피리 소리들은 산골짝마다 울려나오고, 여름은 가고 꽃은 떨어지니 너도 가고 또 나도 가야지. 저 목장에는 여름철이 오고 산골짝마다 눈이 덮여도 나 항상 오래 여기 살리라. 아 목동아, 아 목동아, 내 사랑아. 그 고운 꽃은 떨어져서 죽고 나 또한 죽어 땅에 묻히면, 나 자는 곳을 돌아보아 주며 거룩하다고 불러주어요. 네 고운 목소리를 들으면 내 묻힌 무덤 따듯하리라. 너 항상 나를 사랑하여 주면

네가 올 때까지 내가 잘 자리라."

할아버지는 그 곡의 뒷이야기까지 해주시더니 내가 연주하는 동안 눈을 지그시 감고 계셨다. 그때 나는 할아버지의 감은 눈에 맑은 눈물 방울이 맺힌 것을 보았다. 어쩌면 아버지 역시 젊은 시절 동무들과 함께 이 노래를 부르며 울먹였을지도 모르겠다.

"할아버지께서 좋아하는 곡들은 피아노 반주와 함께 연주하면 더 멋있어요. 나중에 반주자와 함께 와서 또 들려드릴게요."

음악 이야기는 나와 잡놈 할아버지를 한층 더 가깝게 해주었다. 그래서 호스피스 센터에 갈 때마다 할아버지 병실을 먼저 찾게 되었고, 할아버지의 신청곡 수도 점점 늘어났다.

"나 오래 살 거야! 신청곡 다 들으려면 말이야, 하하."

그래서인지 잡놈 할아버지는 신청곡들을 빨리 들려달라고 재촉하지 않으셨다.

어느 날인가는 할아버지의 신청곡을 메들리로 들려드리면서 어릴 적 아버지와 함께 늦게까지 연주하던 추억에 잠기기도 했다. 기억 속의 음악은 실제 소리는 들리지 않아도 그 기억의 시간 속에서는 완벽한 오케스트라의 화음을 만들어낸다. 연주를 마치고 나는 할아버지께 이미 오래 전 돌아가신 아버지와의 추억들을 이야기해 드렸다.

"할아버지께서 신청하셨던 곡들이 대부분 저희 아버지와 함께했던 추억의 곡들이에요. 그래서 아버지 생각에 눈물이 나요."

같은 시대를 살았으니, 어쩌면 아버지와 같은 길, 같은 장소를 다니셨을지도 모르겠다. 그런 생각을 하니 마치 아버지의 친한 친구를 만난 듯 살갑게 느껴졌다.

할아버지는 법관 집안의 외아들로 태어나 대학에서 철학을 공부하고 일본 유학까지 했지만, 시대가 시대인지라 여러 가지로 풍파가 심한 인생을 살게 되었다고 했다. 여러 삶을 살아보고 싶어서 결혼도 거부하고 평생을 독신으로 살아왔다는 이야기도 하셨다.

"부모님께서는 법관을 만들려고 하셨지. 하지만 그게 영 내 적성에 맞지 않더라고. 그 시절엔 부모님 말씀이면 뭐든지 순종해야 했거든. 그래서 집을 나왔어. 그때부터 행복하지만 배고픈 시절을 지냈지."

그러더니 할아버지는 이야기를 갑자기 멈추었다. 갑자기 옛 젊은 시절에 대한 기억으로 감정이 북받치신 것인지, 아니면 모두 쓸데없는 이야기라고 생각하신 것인지 알 수 없었다.

"우리 젊었을 때는 유흥이란 게 그저 술집에 모여 독일 가곡, 우리 가곡 따위를 부르며 보내는 거였어. 동무들과 함께했던 그 시간들이 왜 이렇게 그리운지……"

한참 후에야 할아버지는 그렇게 말씀을 이었다. 아버지도 술 한 잔 드시고 나면 어린 나의 피아노에 맞춰서 바이올린을 연주하면서 눈물을 글썽이던 때가 많았다. 얼마 전에도 문득 라디오를 켜는데 아버지와 같이 연주하던 가곡이 흘러나오고 있었다. 정신없이 젊은 시절을 보내고 이제 중년의 나이가 되고 보니 노래 한 소절, 시 한 구절에서도 문득문득 아버지와의 추억이 떠오르곤 한다.

"난 정말 잡놈으로 살면서 행복했어. 읽고 싶은 책 읽고, 여행 가고 싶으면 훌쩍 떠나고, 먹고 싶으면 실컷 먹고, 굶어야 하면 굶고…… 하지만 인생을 엉망으로 살진 않았어! 열렬히 사랑도 해봤지. 하지만 남녀의 사랑이란 그 갈망이 끝이 없더군. 내가 만난 여자들이 다들 그래. 널 사랑한다고 하면 자꾸 뭘 더 보여달라는 거야. 끝도 없이. 나 원 참! 그래서 내가 이렇게 말했지. '난 평생 독신으로 너만 사랑하다 죽을란다.' 그러곤 후회 없이 잘살았어! 이제 누구도 괴롭히지 않고 떠날 수 있어서 참 다행이야!"

나는 가끔씩 '모두 다 내려놓고 편안하게 떠난다는 게 과연 뭘까?' 하고 스스로에게 물어본다. 호스피스 봉사를 하면서 나는 참으로 많은 죽음을 보았다. 죽는다는 사실 앞에서는 누구나 다 똑같았다. 얼마를 가졌고, 얼마나 알고, 얼마나 똑똑하냐는 아무 상관이 없었다. 그러나 어떻게 그 죽음을 맞느냐는 다들 달랐다. 내가 봤을 때 어떻게 죽느냐는 어떻게 살았느냐에 따라 달라지는 것 같았다. 할아버지처럼 후회 없이 살았노라고 말할 수 있는 사람은 이생에서의 모든 것을 다 내려놓고 정말 홀가분하게, 편안한 마음으로 죽음을 맞을 수 있겠다는 생각을 했다.

고정 관념의 틀에서 벗어나 좀 더 자유롭게 사고하고 행동하는 것도 후회 없는 죽음을 맞기 위해 지금 우리가 선택할 수 있는 한 가지가 아닐까 싶다. 다른 사람의 생각이나 시선으로 혹은 다른 사람의 인정이나 사랑을 구하기 위해서가 아니라 먼저 내 안의 목소리에 귀 기울이고 산 사람만이 자신의 행복은 물론 타인도 행복하게 해줄 수 있고, 죽음에 닥쳐서도 인생을 돌이키며 후회하는 일이 없을 것이다. 아직 해결하지 못한 과제가 있어서 더 살고 싶다는 생각이 가득하다면, 죽음을 맞기가 얼마나 힘들까!

새해를 맞이한 호스피스 센터에는 다시 사람들로 북적였다. 나에게는 해마다 이때가 가장 난감한 시기이기도 했는데, 새해 인사를 어떻게 해야 할지 걱정이기 때문이었다. 새해 복 많이 받으시라고 해야 할지, 건강하시라고 해야 할지…… 고민 끝에 나는 "오늘보다 더 좋은 내일 되세요!"라고 새해 인사를 하기로 했다.

"할아버지, 그동안 편안하셨죠? 오늘보다 더 좋은 내일 되세요!"

할아버지는 반가운 웃음으로 나를 맞으시더니 대뜸 자세를 바로잡고 이렇게 말했다.

"새해 인사가 뭐 그래? 나 세배 받아야겠어!"

나는 몸가짐을 바로하고 다시 정중하게 세배를 드렸다. 할아버지는 세뱃돈으로 천 원을 주셨다. 사탕과 초콜릿도 준비해 놓고 먹고 싶은 것 고르라고 장난스럽게 권하면서, 다음 주에 들려달라며 신청곡 쪽지를 내밀었다.

그러나 그것은 내가 결코 들려줄 수 없는 마지막 신청곡이 되고 말았다. 그로부터 일주일 뒤 소복소복 눈이 내리는 날 새벽에 할아버지가 눈을 감으셨기 때문이다. 할아버지의 신청곡 메모지는 아직도 내 서랍 속 깊숙이 들어 있다.

나는 주변 사람들이 각기 자기 삶의 방식이 옳다며 열을 올릴 때마다 할아버지의 '잡놈 인생론'을 떠올리곤 한다. 잡놈으로 살아온 할아버지의 삶에는 '이래야 한다!' '이것이 맞아!'라고 하는 것이 없었다. 그래서 인생이 자유로웠고, 죽음의 순간에도 후회가 없었다. 영혼이 자유로웠던 분, 호스피스 봉사를 하면서 만난 사람들 중에서도 가장 기억에 남는 그 잡놈 할아버지를 생각하며 시 한 수 올리고 싶다.

심통心痛한 바람과 구름이었을 게다, 네 길잡이는
고단한 이 땅에 슬슬 와서는
한다는 일이 가슴에서는 숱한 구슬
입에서는 독한 먼지
터지게 토해놓고
오늘은 별일 없다는 듯이
싸구려 관 속에
삼베옷 걸치고
또 슬슬 들어간다.
우리가 두려웠던 것은
네 구슬이 아니라
독한 먼지였다.
좌충우돌의 미학은
너로 말미암아 비롯하고
드디어 끝난다.
구슬도 먼지도 못 되는
점잖은 친구들아
이제는 당하지 않을 것이니
되려 기뻐해다오.
김관식의 가을바람 이는 이 입관을.
—천상병, 〈김관식의 입관〉

눈물 대신 평온함 가득했던 이별

세 번째 이야기

호스피스 봉사자의 길로 들어섰을 때 처음에는 다른 사람의 죽음을 본다는 게 몹시 두렵기도 했고, 한편으론 도대체 죽음이란 무엇인지 궁금하기도 했다. 생물학적으로 죽음이란 "한 생명체의 모든 기능이 완전히 정지되어 원형대로 회복될 수 없는 상태"라고 말하지만, 많은 이들이 "삶이 무엇인지를 규명하지 않고는 죽음에 대한 완전한 해답은 있을 수 없다"거나, "죽음의 세계란 인간의 경험 영역, 지각 영역을 넘어서는

차원의 문제에 속하기 때문에 그 본체를 파악하기란 불가능하다"는 식으로 말하는 것을 보았다. 생물학적인 정의 이상으로 죽음이란 어떤 것이라고 명확하게 말하기 어려운 건, 살아있는 몸으로 죽음을 경험할 수 없기 때문이리라.

호스피스 음악 봉사 활동은 그동안의 무대 연주에서는 맛볼 수 없는 놀라운 경험을 내게 선사했고, 공허하기만 하던 마음속의 빈 공간을 채워주며 뭔가 살아있다는 기분을 느끼게 해주었지만, 이 길을 계속 가려면 먼저 죽음에 대한 두려움부터 해결해야 한다는 생각이 들었다. 죽음에 대한 두려움이 가득 찬 상태에서, 삶의 마지막 순간을 지나가는 사람에게 위안과 평화를 주는 음악을 연주할 수는 없는 노릇이었다. 또 그런 두려움을 숨긴 채로 벌써 몸이 식기 시작한 사람을 눈앞에서 지켜본다는 것도 고통스러운 일이었다.

이 길을 가는 한 죽음의 문제는 결코 피해갈 수 없었다. 아니, 내 자신을 위해서도 죽음에 대해 이해하고 받아들이며 그 두려움을 내려놓는 것이 퍽 중요한 일이겠다는 생각이 들었다. 이에 나는 정식으로 호스피스 교육을 받기 시작했다. 호스피스 교육 과정을 마치고 센터에서 환자들의 임종을 함께하는 횟수가 늘면서 죽음을 대하는 나의 감정이나 태도에 조금씩 변화가 생기는 것을 느낄 수 있었다.

교육을 받으면서 들은 이야기나 임사 체험을 했다는 사람들의 이야기에 따르면 죽음은 끝이 아니라 새로운 시작이라고 하기도 했고, 어떤 사람은 죽음이 마치 잠에서 깨어나는 것과 같은 경험이었다고 말하기도 했다. 빛을 보았다는 사람도 있었고, 이미 돌아가신 부모나 사랑하는 가족, 친구를 만났다는 사람도 있었다. 이들의 말처럼 비록 몸이 죽어 없더라도 '본연의 나'는 사라지는 게 아니라면 죽음은 그렇게 두려워할 일이 아닐 것이다.

또 죽는 순간 자신이 살아온 삶 전체가 스크린처럼 떠오른다고도 했다. 그렇게 삶을 스캔하듯 들여다보면서 지난 삶을 통해 자신에게 필요한 경험이랄까 교훈을 얼마나 잘 겪고 배웠는지 돌아본다는 것이었다. 그러나 어떤 삶을 살았느냐에 상관없이 죽음 이후에 비로소 진정한 자유와 평화를 경험했다는 이야기들이 많았다.

이런 교육을 받은 뒤 죽음 자체에 대해서는 두려움이 많이 줄었지만 여전히 다른 사람들의 죽음을 볼 때면 '죽을 때의 내 모습은 어떨까?' '죽어가면서 후회와 고통에 차 있는 모습이진 않을까?' 하는 걱정은 쉽게 내려놔지지가 않았다.

호스피스 센터에 드나드는 세월이 제법 쌓여가면서, 죽어가는 사람들의 얼굴에 드러나는 표정만 봐도 그 사람이 행복한 삶을 살았는지, 아닌지 어느 정도는 가늠할 수 있었다. 결국 죽음 이후보다 살아있는 지금 이 순간 행복하냐 아니냐가 더 중요하다는 생각을 하게 되었다.

나는 죽음을 잘 맞이하기 위해서라도 잘 살아야겠다는 생각을 하게 되었다. 호스피스 센터에서 죽어가는 사람을 많이 보다 보면 환자가 죽음에 다다라서 몸 상태가 어떻게 변하는지, 그런 순간에 그들이 가장 바라는 것이 무엇이고 어떻게 도와야 하는지 알게 된다. 죽음에 임박한 환자들은 누군가 옆에서 함께 있어줄 때 훨씬 편안한 마음으로 죽음을 맞는다. 혼자서 갈 수밖에 없는 외롭고 고독한 길의 입구까지만이라도 누군가 곁을 지키며 함께해 준다는 사실에 크게 안도감을 느끼는 것 같았다.

그동안 많은 이들의 죽음을 봤지만, 다른 누구보다도 평안함과 온화함 속에 죽음을 맞이하던 한 부인이 특별히 기억에 남아 있다. 그분은 오히려 남아 있는 가족들에게 큰 사랑과 평화를 선사하고 여유 있게 죽음 저편의 여행길에 오른 분이었다.

"봉사자님! 저쪽 방으로 빨리 가주세요!"

바로 옆방에서 악기를 챙겨들고 나오던 나를 보고 간호사가 그러잖아도 찾고 있었다는 듯 재빨리 말하면서 병실로 뛰어갔다. 나는 더 물을 새도 없이 황급히 뒤를 따랐다. 병실로 들어서자 환자가 힘들게 호흡을 하고 있었다.

환자는 그동안 자주 봐온 노년의 부인으로, 병실에서도 품위를 잃지 않고 오히려 다른 환자들을 위로하는 모습이 퍽 인상적이던 분이었다. 그분 주위는 늘 사람들로 넘쳤다. 호스피스 센터에 와 있는 다른 환자들이 지친 몸과 우울한 마음을 위로받고 싶어서 그분의 방을 자주 찾곤 했다. 그렇게 모여든 사람들과 이야기꽃을 피우면 그 기운이 센터 곳곳에 퍼져서 사방에 온기를 가득 채웠다. 같은 처지의 환자들에게 그분은 치유자나 다름없었다.

나는 조용히 악기를 꺼내 들고 평소 그분이 즐겨 듣던 음악을 연주하기 시작했다. 얼마 후 가족들이 속속 도착했다. 가족들이 함께 부르던 찬송가가 문득 떠올라 그 곡을 연주하자 어느새 가족들이 합창을 했다. 사람들의 목소리가 엮어내는 화음은 이 세상 어느 악기로 내는 음악보다 아름답다. 병실에 모인 사람들이 그분과의 마지막을 아쉬워하는 모습을 뒤로 하고 나는 가만히 인사를 한 뒤 병실을 나왔다.

그런데 잠시 후 깜짝 놀랄 일이 벌어졌다. 잠시 다른 병실을 돌면서 환자들의 식사도 돕고 음악도 연주하다가 다시 그 환자의 방을 지나가는데, 반쯤 열린 문으로 조금 전 마지막 인사를 나눈 그분이 일어나 앉아 있는 것이 아닌가! '아니 내가 뭘 잘못 봤나?' 하면서 방으로 들어갔다. 세상에, 그분이 일어나 앉아 늦은 점심 식사를 하고 있었다. 깜짝 놀라는 나를 보고 그분의 남편이 웃으며 말했다.

"아, 글쎄 자식들 합창 소리에 귀가 번쩍 뜨였는지 벌떡 깨어나는 게 아니겠어요? 숨이 멈춘 줄 알았는데 그게 아니었나 봐요…… 아무튼 부활한 셈이에요."

놀랍기도 했지만 정말 반가웠다. 삶과 죽음의 갈림길에서 다시 깨어난 그분은 식판에 올라 있는 음식도 거의 비우고 있었다.

"아까 아침에는 상태가 많이 안 좋았어요. 그래서 제가 여기 병실로 와서 연주까지 해드렸는데……"

"모르겠어요. 그냥 잠자다가 일어난 사람 같아요. 잠깐 동안 의식이 없었나 봐요."

그분은 죽은 듯 누워 있던 아침과는 달리 말도 잘했고 정신도 맑아 보였다. 여전히 신기한 듯 바라보고 있는데 부인이 말을 했다.

"그동안 살아온 삶을 이제 모두 내려놓고 실컷 자야 할 것 같네요."

마지막 떠나는 길에 잠깐 들른 것일까? 그분은 옆에 모인 가족들하고도 이런저런 이야기꽃을 피웠다. 그 중에서도 가족들이 신앙을 잃지 않고 지켜와 줘서 참 행복하다는 말을 여러 번 했다. 나에게도 웃으며 이렇게 말했다.

"아이들에게 가장 고마운 건 부모의 욕심 없는 삶을 그대로 따라줬다는 거예요. 우리 아이들이 모두 믿음 생활을 잘하고 있어 기뻐요."

"네, 아침에 가족들이 찬송가를 합창하는 모습을 보고 알았어요."

그분의 눈동자에는 죽음을 앞둔 환자에게서는 좀처럼 느낄 수 없는 평안함과 안온함이 있었다.

"오늘 아침처럼 이제 곧 죽음이 올 텐데…… 만약 오늘이 내가 살아있는 마지막 날이라면…… 아마도 내게 기도할 수 있는 시간을 주신 거겠죠?"

그분은 온화함이 가득한 눈으로 나를 보며 나직하게 말씀을 이었다.

"제가 처음 이곳에 왔을 때 어느 분이 자신이 신청한 음악을 들으면서 마지막 길을 떠나시는 걸 봤어요. 그 광경이 지금도 기억에 남아 있어요."

죽음에 관한 이야기를 자기 입으로 그렇게 스스럼없이 하기란 쉽지 않은 일이었다. 주변 사람들도 죽음의 시간이 임박하면 대개는 환자에게 "빨리 툴툴 털고 일어나야지" 하며 뭔가 삶의 희망을 주려고 하는데, 그래서인지 환자는 삶의 줄을 끝까지 놓지 않으려 한다.

또 죽음이 코앞에 닥치지 않을 때는 천국의 축복을 기다린다고 말하지만 막상 죽음의 순간에 이르면 죽음의 문턱을 어떻게든 넘어서지 않으려는 분들도 많았다. 그런 분들은 죽음에 대한 두려움도 두려움이지만, 무엇보다 삶에 대한 집착이 커 보였다. 스스로가 만들어낸 삶의 환상에 갇혀 이 세상을 떠나기 힘들어했고, 역시 스스로 만들어낸 죽음에 대한 환상 때문에 다가와 있는 죽음을 두려워하며 떨고 있었다. 나는 삶에 대한 집착과 환상에서 자유로운 사람일수록 죽음에 대한 잘못된 환상도 만들지 않는다는 것, 죽음을 그저 삶의 또 다른 면으로 보고 편안히 받아들인다는 것을 그들을 보며 알게 되었다.

다음날 이른 아침, 어디선가 울려 퍼지는 아름다운 노래 선율에 잠을 깨고 소리가 이끄는 곳으로 갔다. 그분의 병실이었다. 방에 들어서는 순간 여태껏 느껴보지 못했던 온기가 느껴졌다.

그분 곁에는 그동안 병실에서 자주 만났던 가족과 친지들이 모여 있었다. 의식은 없어 보였지만 약한 호흡과 함께 주무시듯 편안한 모습은 누가 봐도 참으로 아름다웠다. 돌아가면서 한 사람씩 그분의 이름을 부르며 작별의 인사를 나누었는데, 그때마다 '고마워요' 하고 대답하는 소리가 들리는 것 같았다.

그 자리에 있는 누구 한 사람 울지도 않았고 슬퍼 보이지도 않았다. 목사인 두 아들은 어머니를 위해 기도하고 있었고, 남편은 아내가 좋아하는 찬송가를 계속 부르고 있었다. 나중에 알게 되었지만, 그 곡은 부부의 결혼식 축가였다고 했다.

나도 바로 전날 나누었던 이야기를 떠올리며 "천국으로 가실 때까지 힘내세요. 그곳에서 다시 만나 얘기 나눠요!" 하며 손을 꼭 잡아드렸다. 그분은 마지막 남아 있는 몸의 감각을 통해 약하지만 응답을 해주는 듯했다. 내게는 꼭 그분이 또 다른 생명의 시작을 기다리는 마음으로 죽음을 기다리는 것 같아 보였다.

몇 시간 뒤 그분은 가족들의 축복 속에서 생의 마지막 문턱을 넘었다. 약한 힘으로 내 손에 화답해 주던 그분의 따스한 온기는 두고두고 내 마음속에 남아 있다.

두려움 없이 사랑하다
함께 떠난 노부부

네 번째 이야기

호스피스 센터에서 몇 분의 임종을 동시에 맞게 될 때는 서툰 나의 손길마저 필요로 하는 데가 많았다. 어느 날 센터의 상근 전도사님이 지나다가 “봉사자님, 괜찮으면 잠깐 와서 염을 도와주시겠어요?” 하고 부탁했다. 나는 시신이 뉘어져 있는 방으로 먼저 들어가서 전도사님이 오기를 기다렸다.

염하는 방 안에서는 아무 소리도 들리지 않았다. 잠시 그 적막 속에서 잠든 듯 누워 있는 한 여성을 바라보았다. 그녀의 모습을 보니 사람이 혼자 있을 때 가장 편안하다고 느낄 수 있는 상태가 바로 죽음의 상태가 아닌가 하는 생각이 들었다.

'그래서 죽을 때 혼자 떠나는 것인가? 이제 육체가 없으니 그의 영혼은 좀 더 자유로운 곳으로 떠나겠지?'

잠시 후 전도사님이 들어와 천천히 시신을 닦아내기 시작했다.

"아직 온기가 있죠?"

전도사님이 나를 편하게 해주려는 듯 말을 건넸다. 싸늘하게 식어가는 육체는 그동안 깃들어 있던 영혼이 다시는 그 몸 속으로 돌아올 수 없다는 걸 확인해 주는 듯했지만 팔이며 다리는 아직 부드러웠고 온기도 약간 남아 있었다.

"가족이 아직 오지 않아서 먼저 염만 해놓고 기다려야 해요."

전도사님은 몸을 닦은 후 깨끗한 한지로 몸을 감싸기 시작했다.

"본인이 화장을 원하기도 했지만, 시신을 위해서는 한지가 삼베보다 더 나아요."

전도사님은 능숙한 손놀림으로 염을 하면서 이야기를 했다. 염을 하는 과정 하나하나는 마치 죽은 몸의 각 부분을 점검하는 것 같아 보였다. 행여 상처 난 곳은 없는지, 잘못된 뼈마디는 없는지 세심한 손길로 살피며 그동안 수고한 육체를 다독여주는 배려의 시간 같기도 했다.

염이 끝날 무렵 가족들이 망자를 만나러 들어왔다. 이승에서 살며 맺은 인연이 깊고 주고받은 정이 크기에 슬픔과 아쉬움도 클 수밖에 없을 것이다. 가족들은 망자의 손을 쉽게 놓지 못했다. 마지막 이별의 순간, 이 순간이 지나면 이제 시신은 관속에 들여질 터였다. 죽기 전까지는 그렇게 떠나는 것을 힘들어하다가도 정작 몸의 기능이 멈추면 영혼은 미련 없이 그 몸을 떠나는 것처럼 보였다. 몸이란 영혼이 이 세상에서 잠시 빌려 사는 집과도 같은 것일 테니.

그리스의 시인 소포클레스는 이렇게 말했다고 한다. "가끔 죽음에 대해 생각하라. 그리고 미구에 죽을 것이라 생각하라. 어떻게 행동할 것인가로 그대가 아무리 번민할 때라도 밤이면 죽을지도 모른다는 생각을 한다면 그 번민은 곧 해결될 것이다. 그리하여 의무란 무엇인가, 인간의 소원이란 어떤 것이어야 할 것인가가 곧 명백해질 것이다. 아아, 명성을 떨쳤던 사람도 죽고 나면 이렇게 빨리 잊히는 걸까!"

염하는 것을 경험하면서 나는 왜 불가에서 삶에 대한 망집妄執에서 벗어나야 한다고 말하는지 알 것 같았다. 싸늘하게 식어가는 몸을 보면서 그 몸에 집착하는 것이 곧 망집이라는 걸 알 수 있었다. 결국은 몸과 함께 사라질 헛된 명성이나 부귀, 권력 같은 것에 마음을 두기보다는 이 몸을 가지고 살면서 내 영혼이 더 아름답고 소중한 것을 경험하고 깨닫는 것이야말로 진실로 가치 있는 일이라는 것을 알았다고나 할까? 우리가 이런 것을 안다면 지금 이 순간의 삶에 충실하면서, 언젠가 다가올 자신의 죽음도 훨씬 자연스럽게 받아들일 수 있게 되지 않을까?

이제 나는 내 자신에게 이렇게 속삭인다.

'내일 죽더라도 그 순간 편안하고 고요할 수 있기를……'

한동안 내가 봉사를 다녔던 곳은 가족을 대신해 환자를 돌봐드리는 무료 호스피스 센터였다. 무료이다 보니 입원할 수 있는 기간이 3개월로 제한되어 있었는데, 경제적으로 힘든 분들이 우선 들어올 수 있었고, 더 이상 어떤 치료도 불가능한 사람만 입원할 수 있었다.

대부분의 환자들은 입원해 있는 석 달 사이에 다른 세상으로 떠났다. 간혹 삶을 더 지속하는 분도 있었지만 석 달 후엔 퇴원을 해야 하기 때문에, 돌봐줄 가족이 없는 분은 퇴원을 하면서도 걱정이 태산이었다. 설사 가족이 있다고 해도 빠듯한 생활 때문에 환자의 간병에만 매달릴 수 없는 경우가 대부분이었다.

호스피스 센터를 찾아온 사람들은 힘들게 투병 생활을 해왔으나 더 이상 항암 치료마저 무의미해진 말기 암 환자들이었다. 그들은 그곳에서 질병의 치료보다는 단지 통증과 증상의 완화를 위한 조처를 받을 뿐이었다. 개중에는 생의 마지막을 준비하기에는 아직 젊은 사람도 있었다. 어쩌다가 그런 사람이 들어오면 다들 자기 일처럼 안타까워했다. 젊은 사람도 젊은 사람이지만 나이 지긋한 어르신들이 "자식들 고생시키는 것 같아서 빨리 죽어야 할 텐데, 내 맘대로 되질 않아……" 하며 미안해하는 모습을 볼 때면 나는 무척 마음이 아팠다. 그런 가운데서도 마지막까지 서로 의지가 되어주다가 죽음으로의 여정마저도 아름답게 동행한 노부부가 있었다.

죽음을 목전에 두고도 하하 호호 웃고 떠드는 그 노부부에게서 나는 여유로움이랄까, 삶에 대한 집착을 내려놓은 데서 얻어진 넉넉함 같은 걸 볼 수 있었다. 특히나 할아버지는 움직일 수조차 없는 할머니를 간병하면서도 신나고 즐거운 일을 하는 사람처럼 보였다. 아무리 힘든 상황에서도 삶의 마지막 순간까지 우리가 할 일은 오직 사랑뿐이라는 가르침을 몸소 보여주고 간 그분들이 내 기억 속에는 오래도록 남아 있다.

그날도 여느 일요일과 다름없이 호스피스 센터의 아침을 시작했다. 일손이 부족해서 이 일 저 일을 가릴 여유가 없었다. 음악 봉사 외에도, 임종하신 분의 몸을 염하고 싸서 입관하는 일을 거들고, 식사를 못 하시는 분들의 식사 도우미가 되고, 주방이 바쁠 땐 주방 일을 도왔다. 거기에 환자 목욕을 시키고 병실 청소를 하고……

음악 봉사를 막 끝내고 식사를 도우러 한 병실에 들어서던 참이었다. 환자복을 입은 할아버지가 침대에 누워 있는 할머니에게 간식을 건네며 두런두런 얘기를 나누는 모습이 보였다. 센터에는 여성 병실과 남성 병실이 구분되어 있어서, 나는 혹시나 내가 뭘 잘못 봤나 싶어 밖으로 나가 그곳이 여성 병실인지 다시 확인을 하고 들어와 말씀드렸다.

"할아버지! 여기는 여자 병실이에요."

할아버지는 싱긋 웃으며 마치 노래하듯 가락을 넣어 말했다.

"하하하. 옆에 있는 이 사람이 내 안사람이고 난 남편이라네."

두 분의 나이는 예순을 훨씬 넘어 보였는데, 함께 얘기를 나누는 모습으로 보나 주고받는 눈빛으로 보나 꼭 젊은 연인들 같았다.

"할아버지께서도 어디가 아프신가 보죠?"

조심스럽게 할머님께 여쭈었다.

"아니야! 멀쩡한 양반이 저렇게 환자복을 입고 나하고 종일 함께 있겠다고 저러네."

할머니는 골수암이 온몸에 퍼져서 움직일 수조차 없는 상태였다. 그런 아내를 곁에서 계속 간호하기 위해 편한 환자복을 입고 아예 그 병실에 눌러앉아 계셨던 것이다. 이야기를 나누는 동안 나는 두 분한

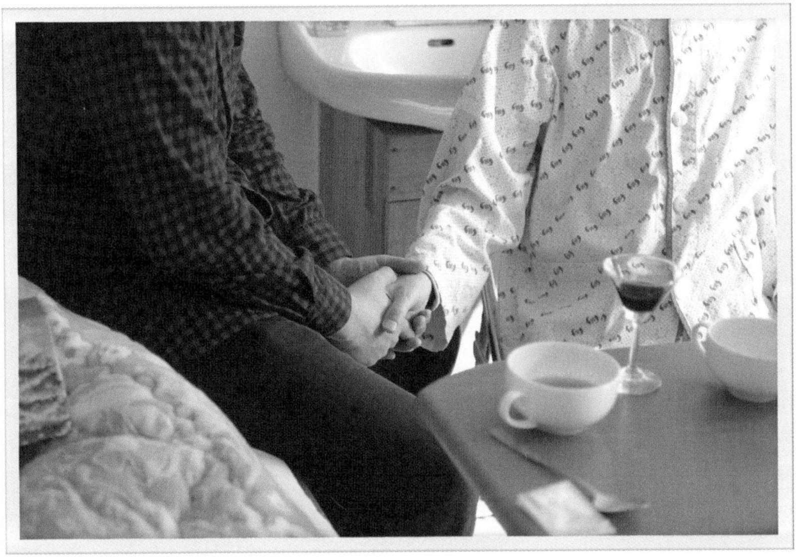

테서 오랜 세월 동안 힘든 일, 괴로운 일, 기쁜 일, 즐거운 일을 모두 함께 겪고 이제 나란히 노년에 이른 사람들한테서나 엿볼 수 있는 편안함, 여유로움 같은 것을 느낄 수 있었다. 아름다운 황혼의 모습이었다.

"인생의 마지막 순간은 생각했던 것보다 빨리 찾아오는 거여! 사는 동안 많이 웃어. 그게 최고여. 울고 난 뒤에 깨닫는 인생도 있겠지만."

할아버지의 말투에서는 뭐랄까 풍류 같은 게 느껴졌다.

"그동안 들려줬던 노래들 고마워요. 이 할망구가 좋아하는 곡만 골라서 하시더라고!"

할아버지께서는 또 가락을 넣어 노래하듯 말씀하셨다. 특유의 여유로움으로 봉사자의 마음까지 헤아려주는 할아버지가 고마웠다.

호스피스 센터에서 여러 가지 잡다한 일들을 거들기는 했지만 그래도 주로 한 것은 임종 때의 음악 봉사여서 환자들과 충분히 얘기를 나누기는 어려웠다. 그래서인지 모처럼 두 어르신과 긴 이야기를 나누게 되어 봉사자로서 또 다른 의미에서의 즐거움 같은 것을 느낄 수 있었다.

"제가 할머님 식사를 도와드릴게요! 잠시 나가서 할아버지도 식사하고 오세요!"

안 그래도 식사를 도우러 왔던 참이라 나는 그렇게 말씀드리고 할머니께서 식사를 잘할 수 있도록 식판에 받아온 음식을 조심스럽게 떠 넣어드렸다. 누운 채 식사를 하시는 분들을 도울 때는 특히 조심해야 한다. 사래가 들지 않도록 환자의 고개를 옆으로 돌려서 음식을 들게 해야 하고, 목이 메는 일이 없도록 속도 조절에도 신경을 써야 한다.

밥 한 번, 국물 한 번, 할머니께 음식을 떠 드리는 내 모습을 보고 나서야 마음이 놓였는지 할아버지는 할머니에게 눈짓으로 밥 먹고 오겠다는 표시를 하고 밖으로 나갔다. 세세한 것 하나하나 신경을 쓰며 할머니를 돌보는 모습에서 할아버지의 깊은 사랑이 느껴졌다. 이분들에게 함께 살 수 있는 시간이 '언제까지'인가는 그리 중요해 보이지 않았다. 지금 이 순간 함께 있다는 것만으로 두 분은 충분히 행복해 보였다.

할머니가 식사를 마칠 즈음 할아버지도 어느새 식사를 마쳤는지 병실에 들어오더니 곧장 할머니에게 다가가 할머니의 몸을 반대쪽으로 조심스럽게 돌려주었다. 나는 그때서야 할머니가 혼자서는 머리조차 움직일 수 없어 누군가 도와주지 않으면 한쪽 방향으로 계속 누워 있어야 한다는 사실을 깨달았다.

"욕창이 생기면 더 힘들어지니까 한 번씩 몸을 돌려줘야 해요!"

할머니가 더 힘들어지는 일이 없도록 하려는 할아버지의 배려였다.

"할머니! 할아버지께서 간호해 주시는 게 편하세요?"

당연한 질문 같았지만 나는 짐짓 할머니께 그렇게 여쭈었다. 여자 환자의 경우 옆에서 간호를 하는 것은 대부분 어머니나 자매, 자식의 몫이다. 남편들은 생계를 위해 일을 해야 해서 아내 옆에 계속 붙어 있기가 어려웠다. 남편이 간병해 주는 경우 오히려 불편하다는 환자분들도 개중에는 있었다.

"좋아. 편하고."

대답하시는 할머니의 목소리가 가벼웠다. 할머니는 할아버지의 지극한 정성과 사랑으로 행복한 시간을 보내고 있는 듯했다. 그 때문일까, 할머니의 얼굴이 고통으로 일그러지는 것을 단 한 번도 볼 수가 없었다. 말기 암 환자는 고통 때문에 잠잘 때 빼고는 대부분 얼굴을 찡그리고 있기가 십상이었다. 그러나 할머니한테서는 말기 암 환자에게서 보기 어려운, 편안하고 여유로운 모습까지 느껴졌다. 할아버지는 누워 있는 할머니에게 구봉서, 배삼룡, 이기동 같은 옛날 코미디언들이 즐겨 하던 긴 이름 개그도 해주었다.

"이 할망구 오래 살라고 이름 바꿔줄까 해!"

할머니를 위해 할아버지가 붙인 이름은 '김 수한무 거북이와 두루미 삼천갑자 동방삭, 워리워리, 무드셀라……' 다는 기억이 나지 않지만 아무튼 마지막은 '바둑이 돌돌이'로 끝나는 아주 긴 이름이었다. 가락까지 넣어 이름을 부르는 할아버지의 개그에 할머니가 재미있다는 듯 호호호 웃으셨다. 할아버지는 여기 나오는 이름 모두가 무병장수를 바라는 뜻을 갖고 있다고 했다. 할아버지의 유머는 주변의 다른 환자들까지도 생기가 돌게 했다.

"이 할망구는 내가 무슨 얘기만 하면 이렇게 웃어댄다우!"

한참을 서로 마주보며 하하 호호 웃고 나더니, 할아버지는 서로 함께 있으면서 웃을 수 있는 이 시간이야말로 아무도 빼앗을 수 없는 가장 행복한 시간이라고 말했다. 어떤 상황에서건 서로가 함께할 수만 있다면 얼마든지 웃음을 주고받으며 그 시간을 지날 수 있다고도 하셨다. 맞는 말이었다. 우리는 왜 살아있는 동안 충분히 기쁨과 행복을 누리지 못하고 아쉬워만 하다가 죽음을 맞이할까!

그렇게 두 분의 아름다운 모습을 뵙고 돌아온 뒤 일주일 만에 다시 찾은 호스피스 센터에서 나는 할머니와 할아버지가 나란히 하늘나라로 갔다는 소식을 들었다.

"예? 할아버지께서도……?"

할머니는 이미 알고 준비해 온 죽음이었지만, 그토록 건강했던 할아버지도 함께 가셨다니 순간 머릿속이 멍해졌다. 할머니는 내가 다녀간 며칠 뒤에 돌아가셨다고 했다. 평소 그렇게도 웃음이 많던 할아버지는 할머니를 보내고 나서 아무 말도 하지 않았다고 한다. 묵묵히 그곳에서 장례식까지 마치고 갑자기 쓰러졌는데, 미처 손쓸 새도 없이 그날 밤 바로 할머니와 영원한 안식을 함께했다는 것이었다. 남으로 만나서 평생 함께하자는 약속을 두 분은 마지막 순간까지 사랑 속에 이뤄낸 것이다.

호스피스 센터 사람들은 "부부가 금슬이 좋으면 함께 떠난다던데, 어쩌면 저렇게 한날한시에 함께 떠나는 게 축복일지도 몰라" 하며 두 분을 부러워하기도 했다.

어떤 삶이 행복한 삶일까? 어떻게 살아야 행복하게 살 수 있을까? 할아버지가 나에게 일러준 대답은 바로 사랑이었다. 두려움 없이 사랑하는 것! 지금 이 순간을 충분히 즐기고 걱정 없이 맘껏 웃는 것! 두 분은 죽는 그 순간까지도 많이 웃고 열심히 사랑했으므로, 떠나는 것도 그렇게 함께 행복하게 떠날 수 있었으리라.

노래하며 견딘 마지막 시간들

다섯 번째 이야기

호스피스 센터에서 맞이하는 봄은 환자들 모두에게 매우 각별하다. 단색의 단조롭던 화단에 노랗고 붉은 꽃들이 피어나면 닫혀 있던 환자들의 마음의 문도 열리고 지친 얼굴에도 알게 모르게 생기가 흐른다. 힘든 몸을 포근하게 감싸듯 햇살이 내리비출 때면 환자들은 뭔지 알 수는 없지만 큰 위로를 받는 기분이 된다.

긴긴 겨울이 마침내 지나고 봄이 막 오기 시작하던 어느 해 봄, 일요일 아침 일찍 호스피스 센터에 도착했다. 아직 기온이 쌀쌀하기는 했지만 아침부터 볕이 좋아서 밖에 있어도 따뜻한 기운을 느낄 수 있는 날이었다. 호스피스 센터가 위치한 곳은 깊은 산속은 아니지만 주변이 야트막한 산들로 둘러싸여 있어서 아침 공기가 무척 맑았다.

길가에는 누군가 심어놓은 향기 좋은 허브들이 줄지어 있었다. 잔잔한 바람이라도 불라치면 앞마당과 연결된 큰 창을 통해 1층 병실에까지 그 향이 날아가기 때문에 환자들은 저절로 향기 치료를 받는 셈이 되었다. 주차장에 차를 세우고 허브 향을 맡으며 병동 앞 마당으로 들어서는데, 그 좋은 향기 속에서 한 환자가 나무 사이에 몸을 숨긴 채 담배를 피우는 모습이 보였다. 호스피스 센터 안팎은 당연히 금연이었다.

그곳을 운영하는 목사님은 환자를 위해 가장 좋은 먹을거리를 구하고 자연식 위주의 식단을 고집하는 분이었다. 좋은 것은 몸이 먼저 안다며 환자들에게 좋은 음식을 최대한 제공하려고 애써왔다. 그때는 내가 호스피스 요리에 관심을 갖기 전이긴 했지만, 내 눈에는 그곳의 밥만 먹어도 병이 다 나을 것 같았다. 실제로 변비로 고생하던 환자들이 그곳에 와서 증세가 나아지는 것을 많이 보기도 했다. 이런 모습이 어쩌면 호스피스 요리에 관심을 갖게 했는지도 모른다.

밖에서 몰래 담배를 피우는 환자를 보면서 낮은 목소리로 "이곳에서 담배를 피우시면 안 되는데요"라고 말을 건넸다. 그러면서도 한편에서는 왠지 환자에게 미안한 마음이 들었다. 따뜻하게 인사라도 하며 그런 말을 할 걸 그랬나 싶었다. 금연인 걸 알면서도 담배를 피우고 싶은 마음이 오죽했으랴 싶어 다시 말을 건넸다.

"공기도 좋은 이곳에서 건강도 생각하셔야죠. 몸에 해롭잖아요."

나무 사이로 몸을 숨기고 담배를 피우던 환자는 내 목소리를 듣고 깜짝 놀라 뒤돌아섰다. 그 환자는 복수가 많이 차서 환자복이 작게 느껴질 정도로 배가 나온 상태였다. 이미 복수가 차오르고 얼굴엔 황달이 와서 검게 변하기까지 한 환자는 아무런 의욕도 없는 사람처럼 보였다.

"전, 말기 간암이에요. 건강이요? 죽기 전까지 담배 끊을 생각 없습니다. 걱정하실 것 없어요. 다른 분들께 피해 안 가도록 밖에서 피우는 거예요!"

그런 의도로 말하려던 것이 아니었는데 이미 뱉어낸 말은 수습하기 어려웠다. 우리는 그렇게 멋쩍은 인사를 나누었다. 나는 분위기를 좀 바꾸려고 웃으며 말했다.

"주일마다 이곳에 와서 음악 봉사하는 사람이에요. 어느 병실에 계세요? 혹시 원하는 음악 있으시면 알려주세요. 연주해 드릴게요."

"알고 있어요. 그동안 병실 모니터로는 봤었는데…… 곡은 한 번도 신청하지 않았어요. 저도 청년 시절부터 얼마 전까지 교회 성가대원이었어요. 부르고 싶은 찬송가가 많지만 복수가 차니까 숨이 차고 목소리도 안 나와요. 그래서 화도 나구요! 오늘 이렇게 뵀으니까 신청해 볼게요."

그는 기다렸다는 듯이 선선히 말했다. 음악 얘기를 꺼낸 건 잘한 일 같았다. 좋아하는 찬송가를 부르고 싶다는 마음 때문이었는지 그분의 얼굴 표정이 밝게 변한 듯 보였다.

나는 그분의 병실로 올라가 그분이 청한 곡을 정성을 다해 연주했다. 복수가 차서 노래도 할 수 없다는 이 심통 난 환자가 부디 음악으로 자신과 화해할 수 있기를 바라면서.

"제가 교회 성가대원으로 있을 때 서울시립교향악단과 연말에 있을 〈메시아〉 찬양을 하기 위해 오디션을 본 적이 있어요. 그리고 헨델의 〈메시아〉를 공연했었죠."

해마다 연말이면 서울시립교향악단과 교회가 연합하여 〈메시아〉를 공연했는데 아마 그때 함께했었나 보다.

"그럼 우리 보통 인연이 아니네요."

그렇게 우리는 처음의 서먹한 분위기와 달리 공통의 화제를 찾으면서 마음이 통할 수 있었다. 그 후 일요일마다 나는 그의 병실을 방문해서 원하는 곡을 연주해 주었다. 어느 날인가, 플루트를 연주하는 내 모습을 한참 동안 바라보더니 문득 그가 내게 호흡법을 물었다.

"악기 불 때 호흡하는 모습을 보니 폐활량이 많아야겠어요. 호흡법을 좀 알려주시면 지금처럼 숨이 찰 때 제게 도움이 많이 될 것 같은데요."

나는 그에게 복식 호흡법을 알려주었다. 그러자 옆에 누워 있던 다른 환자들도 모두들 따라 하기 시작했다. "죽을 때 호흡 곤란이 오면 이렇게 하면 되겠네!" 농담반 진담반 섞인 말들로 병실은 잠시 웃음바다가 되었다.

복식 호흡을 연습하던 그가 이렇게 말했다.

"다음 주에는 제가 노래를 하나 준비해 볼게요. 그동안 복수 때문에 호흡이 딸려서 못했는데 복식 호흡 연습을 잘해서 종일토록 노래 불러보고 싶어요."

"그래요! 그렇게 해서 여기 계신 분들께도 좋은 노래 많이 들려주세요. 아마 놀라실 거예요!"

그는 지난 시절 음악과 함께해 온 아름다운 추억들을, 얼마가 될지 몰라도 살아있는 동안 다시 한 번 반추해 보고 싶어하는 듯 보였다.

병실에는 마음씨 좋은 환자 세 분이 함께 있었다. 사실 여럿이 쓰는 병실에서는 사람들이 서로 불만을 쏟으며 불화를 일으키는 경우가 많았다. 더러는 이기적인 모습을 내보이는 사람도 있었다. 조용했으면 좋겠다, 커튼을 쳐달라, 냄새 때문에 있을 수가 없다, 밖에 나가서 먹을 수 없겠냐 등등 불편한 말들을 시도 때도 없이 내뱉으며 자기 상태에 대한 짜증을 상대에게 전가하기도 한다. 하지만 웃음거리를 찾고 힘든 상황을 서로 위로하며 긍정적으로 받아들이는 환자들이 모여 있으면 그곳은 천국이 된다. 그분 역시 담배를 피울 때만 혼자 밖으로 나가서 피울 뿐이지 나머지 시간은 모두와 함께 잘 어울렸다.

그는 〈고린도전서〉 13장의 말씀에 곡을 붙인 티나 베니테즈Tina Benitez의 〈사랑의 송가〉를 좋아했다. 내가 찾아갈 때마다 그 노래를 불렀고 나는 악기로 화음을 넣었다. 그럴 때면 침대에 누워 있던 다른 환자들까지 하나둘 몸을 일으켜 "그 곡 나도 좋아하는데" 하면서 콧노래로 따라 불렀다. 잠시나마 아름다운 선율에 마음이 홍겨워지면서 괴로움에서 벗어나는 순간이었다.

어느 날 그분의 배가 홀쭉해져 가볍게 걷고 있는 모습이 보였다. 혹시 좋은 일이 일어난 건 아닐까 싶어서 성급한 마음으로 물었다. 이곳에서 맑은 공기 마시고 좋은 음식 먹어서 누구라도 회복되는 기적이 일어난다면 얼마나 좋을까! 하지만 그분은 힘들게 말했다.

"어제 복수를 뺐어요."

봉사를 하면서 알게 되었지만 복수는 쓸데없는 물이 아니었다. 복수를 빼면 우리 몸을 견디게 해주는 영양분도 함께 빠져나가고 면역력도 저하되기 때문에 환자는 지치고 힘들어진다.

"노래 연습을 무리하게 했는지 하도 숨이 차서 견딜 수가 없어서 복수를 뺐어요. 오늘은 힘들어서 그냥 누워 있어야 할 것 같아요. 그리고 저 이제 담배 안 피워요. 힘만 생기면 예전보다 노래하기는 편할 것 같아요."

얼마나 노래를 하고 싶으면 숨이 차도록 노래를 부르고 평생 안 끊겠다던 담배까지 끊었을까? 그분에게는 노래가 마지막 희망 같았다.

시간이 지나면서 그분은 걸음도 걷지 못할 정도로 상태가 악화되었다. 그러면서도 누운 채로 신나게 노래를 불렀다. 한 소절을 부르기 위해 한 음 한 음마다 숨을 쉬어야 하는 상황이 되자, 더 이상 노래할 수 없을 정도로 자신의 병이 깊어졌다는 사실에 안타까워했다.

그런데도 일주일에 한 번 방문할 때마다 꼬박꼬박 내게 연주를 신청했다. 내 연주에 맞춰 노래를 부를 때는 평소 얼굴과 달리 표정이 확 살아났다. 얼굴에 환한 웃음과 열정이 가득 차 있었다. 그에게 음악은 스스로에 대한 위로였고 감사의 고백이었다.

하루는 점심 식사 봉사를 하려고 병실을 돌고 있는데, 그가 식사도 못한 채 옆으로 누워 있었다.

"식사 좀 도와드릴까요?"

"아내가 온다고 했는데…… 지금 몇시쯤 됐죠?"

그의 얼굴이 무척 불안해 보였다. 시간을 알려준 뒤 힘들면 간호사를 부르겠다고 했더니 나를 바라보며 힘없이 말했다.

"아뇨…… 혹시 연주를 해주실 수 있어요?"

점심 식사가 끝나면 환자들은 낮잠을 자기 때문에 조용히 해드리는 게 좋다. 하지만 지금 그것이 무슨 상관이랴. 그는 자신에게 마지막 시간이 다가오고 있음을 알고 있었다.

"알겠어요. 다른 분들 식사 끝나면 해드릴게요!"

그때는 봉사를 시작한 지 몇 해 안 된 때이기는 했지만 그동안 많은 분들의 마지막을 보았기 때문에, 자신의 마지막을 인지한다는 것이 얼마나 두렵고 괴로운 일인지 정도는 잘 알고 있었다.

지금껏 모아둔 신청곡 메모지들 중에서 그의 것을 찾아내 두 시간가량 연주했다. 연주하는 내내 그는 나한테서 한 번도 눈을 떼지 않았다. 이제 곧 자신의 마지막이 온다는 사실을 알고 있는 상태에서 이렇게 음악을 듣는 동안만이라도 자신이 아직 살아있다는 걸 느끼고 싶었는지도 모르겠다.

"후우, 사람이 흔들려 보여요. 어느 게 진짜인지 모르겠어요."

갑자기 그가 두려움에 찬 신음소리를 내면서 증세를 하나하나 말로 쏟아내기 시작했다.

"다리에 감각이 없어요! 정신을 놓을 것 같아요."

나는 연주를 잠시 중단하고 간호사를 불렀다. 그리고 그가 곧 임종할 것 같다고 말했다.

"이제 지금까지 수고한 육체를 내려놓을 시간이 오고 있네요. 여태까지도 잘 견디셨던 것처럼 마지막 시간까지 그렇게 하시면 돼요. 우리 모두 조상철 님이 그동안 불러주셨던 노래를 잊지 못할 겁니다."

간호사가 환자 가까이에 서서 그렇게 차분하게 이야기했다. 곧 그의 아내가 도착했다. 남편의 갑작스런 죽음을 기다리는 시간, 아내는 조용히 남편 곁으로 다가가 머리를 쓰다듬으며 말했다.

"그동안 힘들게 사느라 고생했어요."

애써 눈물을 참으며 남편의 귀에 대고 말했다. 그의 다리와 발톱은 점점 검게 변해갔다. 생과 사를 가르는 시간, 나는 마음을 가다듬고 다시 연주를 시작했다. 그리고 마음속으로 그에게 마지막 인사를 했다.

'영원한 세상에 가서 다시 만나면 우리 부르고 싶었던 노래를 함께 불러요.'

그렇게 약속했다. 아픈 몸으로 죽음을 눈앞에 두고는 있었지만, 그래도 힘이 다하는 순간까지 하고 싶었던 것 한 가지를 맘껏 해볼 수 있었으니 그나마 다행이라고 해야 할까? 마지막 순간 마음을 열고 음악에 대한 오래전의 열정을 되살려내지 못했다면 그는 어쩌면 몸을 해치는 담배만 더 피워대면서 자신의 운명을 원망하다 죽어갔을지도 모른다. 원망하기를 그치고 지금 있는 그대로의 자신을 받아들이기로 선택하면서 그는 자신이 좋아한 노래의 제목처럼 삶을 '사랑의 송가'로 마무리할 수 있었다. 나는 지금도 〈사랑의 송가〉를 들을 때면 그의 아름다운 마지막 모습들이 떠오른다.

호스피스 봉사를 하면서 나는 많은 사람들을 만났지만, 아픈 몸으로도 행복해질 수 있다는 사실을 깨우치고 남은 생을 살다 간 사람들을 만나기는 쉽지 않았다. 여성 환자인 경우는 더 그랬다. 한평생 가족을 돌보며 살았을 뿐 자신이 뭘 원하는지, 어떻게 하면 행복해질 수

있는지 생각할 겨를조차 없이 살아온 여성들이 참 많았다.

남편 장례를 치른 지 한 달 만에 호스피스 센터에 입원한 한 할머니도 슬픈 표정으로 "자식들 제 갈 길 가고 남편도 떠나가고 나서 보니 어디에도 내 이름 석 자는 없어. 누구의 엄마, 누구의 아내만 있을 뿐이야. 할 수만 있다면 인생 다시 살고 싶어. 내 이름으로!" 이런 말씀을 하셨다.

호스피스 센터를 오가며 다른 봉사자들과 많은 이야기를 나누곤 했는데, 그들과 이야기를 나누며 가장 크게 깨달은 것은 자기가 진정으로 하고 싶어하는 것이 무엇인지 깨닫는다면 그 일을 미래의 어느 날로 미루지 말고, 또 그 일을 할 수 없는 이유들을 찾지 말고 '바로 지금' 시작해야 한다는 것이다. 흘러가는 시간은 언젠가 이룰 꿈을 위해 마냥 기다려주지 않으니까.

나 역시 엄마로, 아내로, 며느리로, 딸로 살아오는 동안 나를 바라보는 주변의 시선에서 자유롭지 못했다. 내가 책임져야 할 일들은 많았지만, 정작 내 자신을 위한 자리는 어디에도 없었다. 나는 그들이 원하는 때에 그들이 원하는 자리에 늘 있어야 했다. 이제 더 이상 누구를 위해 살아가는 게 아니라 '나를 위해서' 살고 싶다는 생각이 간절했지만, 그럴수록 하루하루가 더욱더 힘들게 느껴졌다.

그리고 이제 나는 호스피스 음악가, 호스피스 요리사로서 내 삶의 길을 찾았고, 죽는 날까지 진실한 마음으로 그 길을 가려고 노력하고 있다. 나의 손길을 빌려서 다른 사람들에게 전해지는 음악과 음식이, '삶의 마지막 축제'가 지나온 삶과 화해하고 남은 삶을 축복하기 위한 것이 되었으면 싶다.

이곳 다양한 생명이 머무는 숲에 들어와 자연에게 배우는 것들도 바로 생명이란 어느 것 하나 아름답고 소중하지 않은 것이 없다는 것이다. 모든 생명은 이 땅에 바로 '축제'를 벌이기 위해 온 것 같다.

언젠가는 나 또한 수고한 육체를 내려놓을 때가 올 것이다. 그때 나를 위해서는 어떤 음악들을 들려줄까? 봄날 오후의 햇살들이 나뭇잎 사이로 부서져 내리는 숲 속 호젓한 길 위에 멈춰 서서 나무피리를 꺼내본다. 그리고 어릴 적, 아버지와 종종 함께 불렀던 노래 〈아! 목동아〉를, 이제 중년의 아버지 나이가 된 나를 위해 혼자서 연주해 본다. 새와 나무, 풀, 벌레 들을 청중삼아 연주하는 사이, 어느덧 숲으로 노을이 잦아들고 새들도 날아와 함께 노래를 부르는 듯 재잘거린다.

2
사랑의 식탁을 차리며

삶을 위한 예술

시간이 지나도 익숙해지지 않는 감정이 있다. 일주일에 한 번씩 호스피스 센터에 갈 때마다 거의 매번 맞닥뜨리는 상황이지만, 작별 인사도 못한 채 저세상으로 떠난 분 소식을 접하는 일은 늘 쉽지 않았다. 그들의 빈자리를 채운 새 얼굴의 환자들과 인사를 나눌 때의 기묘한 감정이란…… 그 사이 고작 여섯 번의 낮과 밤이 지났을 뿐인데 어떤 인연은 떠나고 또 어떤 인연은 새로이 시작되는 것이다.

그렇게 새로이 시작된 인연 중에서도 유독 가슴 아픈 만남이 있다. 그 만남은 나로 하여금 지금까지와는 다른 꿈을 더욱 분명히 갖게 했다는 점에서 나에게는 아주 특별한 만남이기도 했다. 일주일에 한 번 음악 봉사를 하는 데서 한 걸음 더 나아가, 이들을 위해 현실적으로 뭔가 더 도움이 되는 일을 해야겠다는 생각을 더욱 굳히게 만든 만남이었다.

그날도 종종걸음으로 호스피스 센터에 들어서서 복도의 귀퉁이를 막 지나려는 참인데 언뜻 못 보던 아이가 눈에 띄어 돌아보았다. 낯선 여자아이가 복도 한쪽에 쭈그리고 앉아 울고 있었다. 처음엔 대수롭지 않게 생각하고 그냥 지나쳤다. 환자분들 식사를 도와드린 뒤 한참이 지나 다시 복도에서 그 아이를 만났다. 아이의 눈에는 눈물이 그렁그렁 맺혀 있었고, 표정은 마치 자신을 알아달라고 애원하는 듯했다.

"꼬마야! 아침부터 울고 있던데, 무슨 일인지 모르지만 울지 마! 점심은 먹었니?"

나는 언제부터인가 누구를 만나든 식사 인사를 먼저 건네는 버릇이 생겼다. 아이는 아무 대답 없이 고개만 저었다.

"함께 온 어른은 어디 가셨니? 맞은편 건물 아래층에 내려가면 식당이 있어. 그곳에 아줌마들 계시니까 필요한 거 있으면 달라고 해. 거기서 밥 먹을 수 있어! 굶지 말고 점심 챙겨먹어!"

함께 온 다른 어른이 있겠지 하며 나는 그렇게 말하고는 곧장 돌아서 왔다. 그날따라 병실로, 주방으로 종종걸음을 치고 다녔던 터라 마음의 여유도 없었다. 그런데 집으로 돌아오는 내내 그 아이 생각이 지워지질 않았다. '좀 더 옆에서 지켜볼 걸 그랬나?' 하는 생각에 마음이 무거웠다. 이상하게도 그 주 내내 아이 생각이 떠나지 않았다.

바쁘게 한 주를 보내고 다음 주 일요일 호스피스 센터에 도착하자마자 먼저 그 아이를 찾았다. 아이는 전에 본 모습 그대로 복도 끝에 힘없이 앉아 있었다. 그 아이를 본 순간 반가운 마음이 들면서도 한편으로는 그 모습이 가엾어 가슴 한쪽이 아려왔다. 쭈그려 앉아 있는 모습이 어찌나 작던지…… 도대체 얼마나 울었을까, 얼굴과 눈 주변이 발갛게 부어 있었고, 금방이라도 울음보가 터질 것 같은 표정이었다.

"안녕? 나 알지? 주일마다 이곳에 와서 음악 봉사하는 아줌마야."

어려운 처지의 아이들을 보면 대개 비슷한 점이 발견되는데 대부분 얼굴에 표정이 없었다. 웃는 근육이 발달하지 못한 탓인지, 누구나 다 웃는 상황인데도 무표정한 채로 있고, 조그마한 일에도 금세 눈물을 쏟아낸다.

누군가 자기의 슬픔을 알아줬다고 생각해서였을까, 아이는 내 말에 울음을 꾸역꾸역 삼키면서 눈물만 뚝뚝 흘리고 있었다.

"엄마가 아프시구나. 너 혼자니?"

"네에."

나는 아직 이별을 겪기엔 너무 어린 이 아이를 혼자 두고 떠나지 않은 엄마에게 감사한 마음이 들기도 했지만, 울먹이느라 힘겹게 대답하는 이 어린 아이에게 도대체 무슨 말을 해야 할지 몰라 멍하니 서 있었다. 그러다 겨우 "아빠는?" 하고 물었다.

"아빠도 아파요."

순간 마치 무슨 환청처럼 내 딸아이가 '엄마' 하고 부르는 소리가 들리는 듯했다. 나는 나도 모르게 아이를 품에 꼭 안았다. 아이는 들고 있던 수건으로 입을 가로막더니 다시 울기 시작했다. 도저히 아이의 눈물이라고는 할 수 없을 만큼 무겁게 느껴졌다. 이 작은 아이가 그동안 얼마나 무섭고 외로웠을까……

"아빠가 많이 아프시니?"

"아빠도 암이라서 다른 병원에 입원해 계셔요."

아이는 학교도 못 가고 엄마 곁에서 간병을 하고 있었다. 가끔 찾아오는 친척들도 형편이 좋지 않아서 돌봐줄 사람이 없다고 했다. 이 아이가 엄마와 이곳에 올 때까지 얼마나 힘든 시간을 보냈을까? 나도 모르게 눈시울이 붉어졌다.

"몇 살인지 물어봐도 돼?"

"여덟 살이에요."

그 당시 내 딸아이 나이와 같았다.

"형제는 있어?"

"동생 있어요."

"그렇구나…… 그럼 동생은 어디 있어?"

"아빠하고 같이 병원에 있어요."

"동생이 아빠 돌봐드리고 있구나?"

"네……"

"동생은 몇 살이야?"

"여섯 살이요."

내가 묻는 말에 대답을 하면서도 아이는 계속 눈물을 흘렸다. 조그만 손으로 자기 입을 막고서. 여섯 살짜리 동생은 달리 보살핌받을 곳이 없어서 그저 물심부름 정도 하며 아빠 곁에 머무는 것이리라. 아무도 돌봐줄 이가 없는 가정은 부모가 맘 놓고 아프기도 어려웠다. 그나마 무료 호스피스 센터가 있어서 얼마나 다행한 일인지, 새삼 힘들게 센터를 운영하고 있는 목사님과 봉사자들께 감사한 마음이 들었다.

"아줌마랑 같이 가서 뭐 좀 먹자."

그저 함께 밥을 먹어주는 것밖에 내가 그 아이를 위해 해줄 수 있는 일이 없다고 생각하니 갑자기 허무감이 밀려와 가슴이 먹먹해졌다. '이 아이가 내 아이라면? 저기 침상에 누워 있는 아이 엄마가 나라면 엄마로서 할 수 있는 것이 무엇일까?' 이런저런 생각들이 내 머릿속을 어지럽혔다.

우리가 사는 동안 가장 든든한 받침이 되어주고 재미와 행복을 나눌 수 있는 사람들은 누구보다도 서로 마음이 통하는 가족들일 것이다. 특히나 아직 홀로 설 수 없는 어린아이에게는 자신을 사랑하고 보호해 줄 가정이라는 울타리가 무엇보다도 필요하다. 그런 어린아이가 가족의 사랑과 보호를 받지 못하고 홀로 성장해야 한다면, 너무 일찍 아픔을 알고 이별을 경험해야 한다면, 그것을 도대체 어떻게 감당할 수 있을까? 갑작스레 부모를 잃고 슬퍼할 그 어린 영혼들을 생각하자 마음이 아팠다.

그날 이후 서울에서 두 시간 정도 거리에 위치한 호스피스 센터를 오고가는 내내 나는 기도를 하면서 머릿속에 그림 하나를 그리기 시작했다. 힘든 이들과 더 많은 시간을 나누고 싶다는 바람이 그 아이를 만난 후부터 더 간절해졌다. 고통에는 다 그 나름의 이유가 있고 의미가 있다지만, 어린아이들에게 주어진 고통만큼은 차마 그냥 지나칠 수 없었다.

호스피스 봉사를 하는 동안 하나둘 쌓아온 생각의 꾸러미들을 이제 구체적으로 풀어서 펼칠 때가 된 것 같았다. '봉사의 길을 넓히자. 나를 필요로 하는 곳에서 좀 더 현실적인 도움이 되는 일을 해보자'는 생각이 들었다. 그런 일을 하는 것이 바로 나의 존재 가치를 실현하는 길이겠다 싶었다. 그러자면 훨씬 구체적이고 세밀한 그림을 그려야 했다.

그림이 완성되기까지는 한참의 시간이 걸렸다. 그렇지만 내 아이를 볼 때면 늘 홀로 아파하고 상처받고 있을 아이들이 떠오르고 그런 아이들을 만날 때는 또 내 아이가 생각나곤 했기에 너무 오래 머뭇거릴 수 없었다. 그 아이들이 내 아이와 다르지 않다면, 나는 그 아이들에게도 엄마나 마찬가지였다. 엄마라면 힘들어하는 아이를 두고 그저 걱정만 하고 있지는 않을 터였다.

그리하여 우여곡절 끝에 내 그림을 구체적으로 풀어놓을 아담한 공간을 찾았다. 십여 년 전 일이다. 내가 생각한 그림은 두 가지였다. 하나는 '사랑의 테이블'이라고 이름붙인 것으로, 홀로 남겨진 아이들을 위한 후원 공연을 하는 것이었다. 그리고 다른 하나는 말기 암 환자와 그 가족에게 밥상을 차려드리는 '삶의 마지막 축제'를 여는 일이었다.

비록 작은 규모의 공간이지만 나는 그곳이 예술가들은 자신의 작품을 선보이고 관객들은 그 보답으로 기부를 하는 '공연과 카페가 결합된 복합 문화 공간'이 되기를 바랐다. 그리고 할 수 있는 한 그곳으로 말기 암 환자와 그 가족을 초대하여 혹시라도 풀지 못한 마음의 앙금들을 음식을 통해 풀고 사랑을 나누는 공간으로도 활용할 수 있기를 바랐다.

사랑의 통로가 된 재희

받는 것보다 주는 것이 더 행복하다는 말의 의미를 '사랑의 테이블'을 하면서 실감했다. 나는 밑그림을 스케치만 했을 뿐, 실제로 그 그림에 갖가지 고운 빛깔을 입혀준 것은 내가 아닌 다른 사람들이었다. 알음알음 입소문을 통해 하나둘 도움을 주고 싶다는 사람이 생겨났고, 뜻을 같이하는 몇몇 지인들과는 함께 나름의 봉사회도 꾸릴 수 있었다. 그리하여 마침내 말기암 환자의 자녀들을 위한 장단기 지원 프로그램을 진행하게 되었다. 매주 두 차례의 공연을 했고, 거기서 얻어지는 수익금은 모두 말기 암 환자 자녀들에게 후원금으로 지급되었다.

나는 내가 사랑하는 음악이 진정으로 '삶을 위한 예술Art for Life'로 피어나기를 바랐다. 내가 생각하는 '삶을 위한 예술'이란 실제로 우리의 삶을 변화시키고 풍부하게 하는, 그러면서도 하나의 축제처럼 삶 속에서 향유되는 예술이다. 그런데 마침내 그런 꿈이 바로 그 공간에서 이루어져 나가기 시작한 것이다. 말기 암 환자의 자녀들, 홀로 남겨질 아이들을 온기로 품어주고 싶다는 간절한 바람이 바로 예술을 통해 실현되어 가고 있었다.

그 당시 봉사회에서 지원하고 있는 아이들은 모두 열다섯 명이었다. 매달 중학생한테는 15만 원, 고등학생한테는 20만 원씩을 통장으로 입금해서 아이들이 필요할 때마다 찾아 쓸 수 있도록 했다. 어떤 아이에게는 급식비, 교재비, 교복비, 입학금 등을 지원하기도 했다. 그나마 학교에서 급식비를 감면해 주면 아이 이름으로 된 통장에 그 돈을 모아 대학에 들어갈 때 등록금으로 지원이 되도록 했다. 또 부모 중 다른 한 분마저 암에 걸려 치료를 받아야 할 상황이 되면 병원과 연결하여 의료비 지원을 받을 수 있도록 하기도 했다.

이런 일을 하면서 나는 아이들에게서 잠시나마 웃음 짓고 노는 여유를 발견할 수 있었고, 그 여린 마음으로 흘리는 감사의 눈물도 느낄 수 있었다. 봉사회를 운영하게 된 동기가 죽음의 순간에 아이를 두고 떠나야 하는 부모의 걱정을 덜어드리고 편하게 임종할 수 있도록 돕는 데 있었기에, 나는 아이가 다 자랄 때까지 엄마와 같은 심정으로 돕겠다고 마음속으로 약속을 했다.

경제적인 지원도 중요했지만, 그보다 더 중요한 것은 아이에게 관심을 갖고 지켜봐 주는 것이라고 생각했다. 아이가 학교 생활은 잘하고 있는지, 친구 관계는 어떤지, 혹 부모의 빈자리로 인해 친구들에게 놀림을 받지는 않는지, 경제적 어려움 때문에 기죽어 있는 건 아닌지, 학교 선생님들이 아이를 관심 있게 보살펴주시는지…… 아이가 어려운 환경에서 자란다면 이런 것들을 먼저 염려하는 것이 부모의 마음일 것이다.

이때 알게 된 가족 중 하나가 재희네였다. 마침 '사랑의 테이블' 후원 음악 공연에 어느 중학교 선생님이 참석했다가 같은 학교 학생인 재희와 재희 할머니의 상황을 얘기하며 도움을 청한 것이다. 암으로 인한 것은 아니었지만 양부모 모두 돌아가신 뒤 경제적으로 너무나 어려운 처지에 있는 재희를 위해 후원 공연을 해줄 수 없느냐고 했다. 재희는 학업 성적도 뛰어났고 교우 관계도 무척 좋은 아이였다. 적어도 겉으로 드러난 것만으로 보면, 부모님이 안 계시고 집안 형편이 어렵다는 것만 빼면 무엇 하나 부러울 게 없어 보이는 아이였다. 재희는 할머니와 단 둘이 살면서 정부로부터 기초생계비를 지원받고 있었다.

재희 같은 처지에 있는 아이들은 성년이 되면 생활이 오히려 더 힘들어졌다. 정부 지원이 끊기고 혼자서 생계를 유지해야 하는데, 그런 상황에서 대학 진학을 위한 등록금을 마련하기란 사실상 불가능했다. 그래서 공연을 통해서 아이들에게 장기 후원으로 도움을 줄 수 있도록 기금을 모으고 있었고 암 환자 가족 중 부모가 없는 아이들에게 부모를 대신해서 마음이 넉넉한 독지가를 만날 수 있도록 했다.

나는 재희의 집을 찾아가 직접 재희와 할머니를 만나보고 싶어 전화를 했다. 남자아이가 싹싹한 목소리로 전화를 받았다.

"네가 재희니? 목소리가 의젓하구나!"

전화로 짧은 대화를 나누었을 뿐이지만 전화기로 전해오는 느낌만으로 나는 이미 재희가 얼마나 사랑스러운 아이인지 충분히 느낄 수 있었다.

할머니와 재희는 집 밖으로 나와서 나를 기다리고 있었다.

"안녕하세요, 할머니? 재희야, 안녕?"

재희 할머니는 많은 연세에도 불구하고 얼굴이나 몸가짐이 참 고왔다. 온화한 성품과 차분한 말투로 나를 편하게 맞아주었다.

"할머님, 참 고우시네요."

재희 할머니는 쑥스러운 표정을 지었다.

"늙은이에게 별 소리를 다 하시는구먼."

아무도 찾지 않는 집에 누군가 찾아와 주었기 때문일까, 할머니는 금세 눈에 눈물이 고였다.

"내 나이가 여든넷이라 이제 내가 할 수 있는 게 아무것도 없다우. 재희가 복이 많아 이렇게 좋은 분들도 만나니 그저 감사할 뿐이지!"

현관을 열고 들어서자 컴컴한 방이 나왔다. 할머니와 재희가 함께 쓰고 있는 단칸방은 창이 없어 빛도 들지 않았다. 살림살이는 얼마 되지 않았지만 깔끔하게 정리되어 있었다. 아직 겨울이 다 지나지 않았는데도 집안이 썰렁한 것을 보니 겨우내 춥게 보낸 것이 분명했다. 냉기가 흐르는 방에는 전기요만 달랑 켜져 있었다.

"요 위로 와서 앉아요."

할머니는 나에게 자리를 내주었다.

"아니에요, 할머니. 저는 열이 많아서 더운 걸요. 할머님께서 이리 앉으세요. 그리고 우리 얘기 나눠요."

어려운 손님 같지 않도록 나는 할머니와 시시콜콜 살아가는 수다를 떨기 시작했다. 반찬은 뭘 해 먹는지, 시장은 누가 보는지…… 할머니는 또 재희가 난방비를 너무 아낀다고도 했다. 즐겁게 이야기를 나누다가도 할머니는 재희 얘기만 나오면 한숨을 쉬곤 했다.

"내가 나이가 많으니 언젠가는 재희를 두고 떠나야 한다는 게 제일 큰 걱정이우. 어휴, 저 어린 것이 다 클 때까지는 내가 살아야 할 텐데……"

할머니의 마음은 오로지 손자를 위해 오래 살아야 한다는 바람뿐인 것 같았다.

"할머니, 제발 그 말씀만 하지 마세요! 오늘 내일 돌아가실 것도 아닌데 왜 미리 걱정하시고 한숨 쉬세요?"

어른스러운 재희는 할머니가 그런 말을 할 때가 가장 싫다고 했다.

"여자들의 마지막 짝사랑이 손자 사랑이라죠?"

나는 분위기를 돌려보려고 실없는 이야기를 했다.

집을 둘러보니 봄장마가 곧 올 텐데 계단 내려가는 곳에는 빗물받이도 없고 물 빠지는 하수구도 없었다.

"할머니, 비가 많이 오면 물은 잘 빠지나요?"

"지난여름 홍수 때 재희가 깨우지 않았으면 우리 둘 다 물에 잠길 뻔했지 뭐유. 새벽에 일어나서 물을 퍼 나르는데 아무리 물을 퍼내도 집에 계속 물이 들어차 감당이 안 되더라구. 집주인에게 말해봤자 소용도 없고……"

두 식구를 위한 한 달 생활비로는 아이 몫으로 나오는 35만 원이 전부였다. 할머니는 다른 자식이 있는 터라 생활 보호 대상이 안 된다고 했다. 벌써부터 통장 관리와 모든 생활비 관리를 재희가 하고 있었다. 그나마 다행인 것은 재희가 편하게 공부할 수 있도록 학비 일체를 학교에서 지원해 주고 있다는 것이었다.

"재희야, 학교 선생님한테서 봉사회 얘기 들었지? 네가 필요한 것을 먼저 얘기하면 봉사회에서 의논해서 도움이 되도록 해볼게. 봉사회 기금은 다른 아이들도 필요하기 때문에 충분하게는 지원할 수가 없구나. 그래서 후원을 위한 공연을 하려고 하는데……"

재희는 할 수만 있다면 꾸준한 후원이 필요하다며 후원 공연까지 생각해 주셔서 감사하다고 말했다.

돌아오는 길은 여러 가지 생각들로 머릿속이 뒤숭숭했지만, 그런 가운데서도 재희의 밝은 얼굴이 떠올라 마음 한켠은 흐뭇하고 즐거웠다. 재희는 이미 스스로 살아가는 법을 알 만큼 철이 든 아이였다. '어떻게 해야 재희에게 실질적인 도움을 줄 수 있을까?' 집에 돌아와서도 나는 생각을 놓을 수가 없었다.

얼마 후 나는 재희네 학교 선생님과 상의를 해서 봉사회 기금으로 마련된 일정의 후원금에, 재희의 장래를 위한 기금을 별도로 마련하여 생활비를 더 보태주자는 쪽으로 의견을 모았다. 봉사회의 논의를 거친 뒤 곧바로 장기 지원을 위한 후원 음악회도 계획했다.

매주 카페에서 진행되었던 '사랑의 테이블'에 재희와 할머니를 주인공으로 초대하고, 재희네 학교 선생님 몇 분과 후원을 해줄 만한 회

원들도 초청했다. 재희를 위한 음식으로는 재희가 가장 먹고 싶다는 스파게티와 피자를, 틀니를 한 할머니를 위해서는 따뜻한 국물이 있는 쇠고기 스튜를 준비했다. 고기는 푹 익혀서 쉽게 드실 수 있도록 해놓았다. 후원 음악회가 있던 날, 재희는 할머니와 처음으로 해보는 외식이라며 천진난만하게 웃었다.

태어난 지 7개월 만에 사고로 부모를 잃고 홀로 남겨진 재희는 친할머니의 품에서 사랑을 듬뿍 받으며 멋진 소년으로 자랐다. 손자를 향한 할머니의 사랑은 재희를 더 많은 이들에게 사랑받는 아이로 키워냈다.

재희는 이제 스스로 마음에 창을 내고 그 너머로 밝고 큰 세상을 꿈꾸고 있다. 사춘기에 접어들어 한층 더 예민해지고 힘들어할 시기였을 때 재희는 앞으로 가톨릭 사제가 되어 꾸준히 '자기 성찰'을 하면서 다른 사람들에게도 봉사하는 삶을 살고 싶다는 기특한 말을 한 적이 있다. 그게 바로 할머니의 은혜에 보답하는 길이라는 말과 함께…… 재희의 말에 어른들 모두가 놀랐다. 어른으로 살면서 세상에 휩쓸리지 않고 자신을 돌아보며 살아가는 이가 과연 몇이나 될까?

자신의 말대로 재희는 얼마 전 사제를 양성하는 특수고등학교에 전 학년 장학금을 받고 입학했다. 할머니를 위해 햇볕 잘 드는 창이 있는 1층 연립주택으로 이사도 했다. 거기에 더해 재희에게 평생 개인 후견인도 생겼다.

사랑이 사랑을 낳는다는 것을 재희를 보면 알 것 같다. 사제의 길을 걸으며 세상에 사랑을 전하겠다는 생각도 어쩌면 바로 그 사랑이 그의 마음속에 들어와 하고 있는 일일 것이다. 그리고 그 사랑이 가려지는 일이 없도록 재희는 여전히 '자기 성찰'을 게을리 하지 않고 있을 것이다.

숲 속에 들어와 살던 어느 가을날 숲길을 거닐면서 나는 오래 전 재희가 했던 그 말을 다시금 떠올렸다. 힘들고 지쳐 세상과 타협하고 싶은 유혹이 올라올 때, 내 길에 대한 신념이 어딘지 모르게 허물어지는 듯할 때, 나는 그 말을 떠올렸고, 그때마다 재희가 생각이 났다.

'자기 성찰.'

말기 암도 엄마가 되는 걸 막을 순 없었다

일곱 번째 이야기

'사랑의 테이블'과 '삶의 마지막 축제'를 위한 공간을 마련한 뒤로 나는 몸이 열 개라도 모자랄 만큼 바쁘게 생활하고 있었다. 하지만 지칠 만하면 어디에 깃들어 있었는지 새로운 기운이 솟아나곤 했다. 누군가 억지로 시켜서 하는 일이었다면 나는 이미 나자빠졌을 것이다.

그러던 어느 날 무료 호스피스 센터에 머문다는 어느 여성 환자분에게서 연락을 받았다. 그분은 우리가 말기 암 환자들의 아이들을 지원한다는 소식을 들었다며, 부모 중 한 사람만 아파도 후원을 받을 수 있는지 물어왔다. 약속을 잡고 나는 그 분이 있는 호스피스 센터로 찾아갔다. 그런데 병실에 들어선 순간 뜻밖에도 아기가 먼저 눈에 들어왔다. 죽음을 기다리는 공간인 호스피스 병실에서 어리디 어린 작은 생명이 방실방실 웃고 있었다. 아기와 놀며 방긋이 웃는 엄마의 하얀 얼굴은 마치 산에 핀 목련꽃을 닮았다는 생각이 들었다.

"어머! 아기가 있네요. 몇 개월이에요?"

아기 얘기로 우리는 첫인사를 나누었다. 아기를 둔 엄마들은 서로 처음 본 사이라도 아기 덕분에 금방 친해지곤 한다.

"18개월이에요. 이곳에 온 지도 벌써 여섯 달이 다 돼가네요. 형편이 그래서 아기가 이런 데서 자라고 있어요."

아기 엄마는 항암 치료로 거의 다 빠지고 없는 머리를 쓸며 겸연쩍게 말했다.

병실은 아기의 존재만으로도 분위기가 완전히 달라 보였다. 죽음만 생각하고 기다리는 호스피스 공간에서 새 생명을 보고 만질 수 있다는 것은 병실에 있는 환자들에게 더없이 반가운 선물과도 같았다. 그곳에서 아기는 생의 마지막에 서 있는 사람들에게 기쁨을 주는 존재였다.

아기는 처음 보는 나에게도 "앰마 앰마" 하고 방긋방긋 웃으며 안겼다.

"제가 못 안아주니까 아기가 낯을 가리지 않고 여자에게는 '엄마 엄마' 하면서 잘 안겨요. 한창 낯을 가리고 엄마 품을 떠나지 않으려고 하는 시기인데……"

아기 엄마는 아기가 낯을 가리지 않는다는 사실이 오히려 걱정스럽다는 듯이 말했다. 혹여라도 엄마의 이런 상황으로 인해서 아기가 성장하는 과정에 좋지 않은 영향이 가지나 않을까 하는 염려였다. 나도 어린 아기를 두고 해외 공연을 간 적이 있다. 두 달 후에 돌아와 보니 아기는 낯을 가리고 울면서 나한테 가까이 오지 않으려 했다. 그때 정말 미안하고 서운하기도 했던 기억이 있어서 아기 엄마의 말이 십분 공감이 되었다.

"아기 이름이 뭐예요?"

"요셉이라고 해요, 김요셉. 구약 성경에 나오는 이름인데 아주 훌륭한 사람이죠."

나는 근사한 이름이라며 아기가 앞으로 잘 자라길 비는 마음을 담아서 말했다.

"요셉이도 자라서 나중에 큰일 할 사람이 되겠는걸요."

아기가 태어나면 그 이름대로 살아가기를 바라며 본받을 만한 분의 이름을 지어주는 부모들이 있다. 요셉이 부모도 그랬을 것이다.

"어릴 적 제 꿈은 선교사였어요. 오랫동안 기다리면서 드디어 해외 선교사로 가기 위해 준비를 마치고 마지막으로 건강 검진을 받는데 다리에서 가끔 느껴지던 통증이 그날따라 심했어요. 검사받을 때 얘기했더니, 검사 결과 나오던 날 큰 병원에 가보라고 하대요. 비행기 예약까지 마친 상황이었는데…… 일단 병원에서 검사를 다시 받았는데 임파선 종양 말기로 판정을 받았어요. 그러곤 모든 것이 무산되었죠."

아기 엄마는 내 앞에서 꿈 많았던 지난날의 이야기를 하나둘씩 풀어놓기 시작했다.

"선교사로 떠나기로 결정하고 나서 남편을 만났어요. 남편도 고아원에서 자랐기 때문에 세상에서 도움을 받은 만큼 우리도 세상에 뭔가 의미 있는 일을 하며 살자고 뜻을 모았지요. 결혼하면 함께 선교사로 해외로 나가기로 했는데 지금은 이렇게 두 사람 모두 병을 앓고 있네요."

아기 아빠도 위암 수술을 받고 병원에서 회복중이라고 했다.

"병원에서는 절대로 아기를 가지면 안 된다고 했어요. 임파선 절제 수술을 하면서 난소도 거의 제거한 거나 마찬가지여서 임신이 불가능할 거라고 의사 선생님께서 말씀하셨어요. 그런데 일 년 전, 몸이 더 안 좋아지는 것 같아 병원에 가서 다시 검사를 받았더니 임신이라는 거예요!"

아기 엄마의 눈에 눈물이 그렁그렁 맺히기 시작했다.

"아기를 기다리는 사람들에게는 축복받을 일이지만, 우리 부부는 기쁨을 나누기보다는 고민을 더 많이 했어요."

가슴이 먹먹해진 나는 그저 아기 엄마의 손을 꼭 잡고 있을 수밖에 없었다.

"유전자 검사를 해보니 뱃속의 아기는 무사하다는 결과가 나왔어요. 그래서 아기를 낳기로 결정했죠. 그날부터 임산부가 지켜야 할 사항들을 열심히 지키면서 오로지 아기가 건강하게 태어나기만을 바랐죠. 아기한테 해가 갈까봐 먹던 약도 끊고요."

아기 요셉은 엄마의 희생으로 얻은 선물이었다. 엄마는 아기를 위해 모든 약을 끊고 아픔이 와도 참았을 것이다. 나는 병을 다 치료하

고 나서 아기를 갖지 그랬느냐고 물었다.

"병원에서도 제가 아기를 가진 게 기적이래요. 전 아기를 못 가질 줄 알았어요. 그런데 사랑하는 남편과 만나 살면서 정말 아기가 갖고 싶었어요! 남편도 역시 그랬었구요. 아기에게는 건강하지 못한 엄마라서 미안하지만, 제 몸을 통해 이 아이가 세상에 태어나야 할 이유가 있을 거라고 생각했죠."

여리디 여린 젊은 여성이 어쩌면 그런 생각을 다 할 수 있었을까? 한 영혼이 자신의 몸을 선택해 태어나는 데는 그만한 이유가 있을 거라고, 그것을 감사히 받아들이고, 자신의 아픔보다도 몸속의 생명을 먼저 생각하는 엄마의 마음이 내게는 큰 울림으로 전해졌다.

"어떻게 도움을 드리면 마음이 편하시겠어요?"

나는 잠시 숨을 고르고 그곳에 찾아간 본론을 꺼냈다.

"제가 떠나면 아이를 도와줄 사람이 없을까봐서요."

지금 돌이켜보면 아기 엄마는 혼자가 된 아빠가 아기를 책임지고 키울 것이라는 확신이 없었던 것 같다.

"저희는 장기 지원을 하고 있어요. 아이들이 성장해서 스스로 자립할 수 있을 때까지 후원을 하고 있답니다."

나는 그동안 후원했던 몇몇 아이들의 장단기 후원 사례와 그 내용을 자세히 설명해 주었다. 그리고 며칠 뒤 아기 엄마에게 실명 계좌 통장을 전달했다. 그 뒤로 몇 번 더 호스피스 센터를 찾아가 아기 엄마를 만났다.

얼마 후 아기 엄마의 상태가 악화되는 바람에 다른 봉사자 한 분이 집에 아기를 데려가 잠시 맡아서 돌봐주었다. 그 후 남편이 병원에서 퇴원을 하면서부터는 남편이 아내를 위해 극진히 간호를 했다.

그해 봄에는 한창 오케스트라 공연으로 바빠서 호스피스 센터에 몇 주간 갈 수가 없었다. 어느 날 오케스트라 공연이 끝나고 늦은 밤이 되어 휴대폰을 보니 호스피스 센터로부터 부재중 전화가 여러 번 와 있었다. 불길한 예감이 들었지만 너무 늦은 시간이라 다음날 아침에 아기 엄마에게 전화를 걸었다. 아기 엄마 대신 아빠가 전화를 받았다.

"왜 이제 전화하세요?"

목소리에서 섭섭한 감정이 느껴졌다.

"아내가 어젯밤 9시 40분에 소천했습니다."

곧이어 아기 아빠의 흐느끼는 소리가 들렸다.

"왜 전화 안 받으셨어요? 아내가 죽기 바로 전까지도 그렇게 통화하고 싶어했는데요. 그렇게 통화하고 싶어했는데……"

나와 통화하고 싶어했다는 아기 엄마의 심정이 어땠을지 나는 이해할 수 있었다. 마지막 순간까지 나를 찾은 이유는 단 한 가지, 요셉을 잘 돌봐달라는 부탁을 하고 싶었기 때문일 것이다. 다짐을 받고 싶었을 것이고, 아마도 감사의 말이라도 전하고 싶었을 것이다. 그러나 이미 이 세상 사람이 아닌 요셉이 엄마에게 내가 할 수 있는 건 마음속의 약속뿐이었다. 나와 통화하지 못해 애태웠을 요셉이 엄마에게 나는 속으로 용서를 빌었다.

그 후 8년의 세월이 흘렀다. 지난해, 은행에 가서 요셉 앞으로 된 후원 통장을 조회해 보았더니 잔고가 텅 비어 있었다. 아빠가 돈을 찾아간 지 벌써 몇 달 되었다고 은행 직원이 말했다. '무슨 이유가 있었겠지' 생각하면서 확인차 아이 아빠에게 전화를 걸었다. 아이 통장에서 후원금이 빠져나간 이유를 물어보았다.

"일하면서 어린 아이를 키운다는 게 너무 힘들었어요! 그래서 어쩔 수 없이 쓰고 말았습니다. 그리고 저 결혼할 것 같아요. 그런데 아내 될 사람이 아이까지 있는 것을 힘들어하네요…… 요셉은 어느 시설에서 잘 돌봐준다고 해서 보내게 되었어요. 저도 많이 생각하고 내린 결정이에요. 드릴 말씀이 없네요……"

"……"

그동안에도 아이 아빠는 혼자서 아이 키우기가 힘들다면서 아이를 잘 돌봐주기만 한다면 시설에 맡기는 게 낫지 않겠냐고 나와 몇 차례 상의한 적이 있었다. 오죽하면 그런 생각을 할까 싶었지만, 나는 그래도 어떻게든 아빠가 아이를 키우면 좋겠다고 설득을 했었다.

"요셉이 아빠도 고아원에서 외롭게 자라셨다면서요? 힘들겠지만 그래도 아이랑 함께 살아보세요. 그래야 아이가 아빠의 사랑을 느낄 수 있지 않겠어요?"

하지만 안타깝게도 요셉은 결국 시설에 보내졌다. 나는 아이가 머물고 있는 시설의 주소와 연락처를 받아냈다. 아빠가 말도 없이 찾아간 후원금이 아무쪼록 아이를 위해 쓰였기를 바랄 뿐이었다. 그리고 비록 시설에 맡기기는 했지만 아이에게 아빠의 존재가 잊히지 않기를, 아이에 대한 아빠의 사랑 또한 어떻게든 계속 이어지기를 바랄 뿐이었다.

훗날 요셉이 혹시라도 외롭고 힘들어할 때 다시 만나게 된다면, 나는 엄마가 얼마나 요셉을 사랑했는지 이야기해 주고 싶다. 나는 하늘에서 지켜보고 있을 아이 엄마에게도 다시 약속했다.

'걱정하지 마세요. 요셉이 자라서 엄마 얘기를 듣고 싶어하면 요셉 엄마의 마음이 담긴 따뜻한 밥 지어 먹이면서 엄마가 얼마나 요셉을 사랑했는지, 끝까지 돌봐주지 못하고 떠나게 돼 얼마나 가슴 아파했는지 꼭 전할게요.'

지금 요셉은 어느새 훌쩍 자라 아홉 살이 되어 있다.

여덟번째 이야기

사막에서 피어난
초록 생명 같은 지민이

말기 암 환자들이나 그들이 남기고 간 아이들을 돕고 싶다는 열망에서 공간을 열었지만, 처음에는 후원할 아이들을 어떻게 찾고 어떤 방식으로 후원해 갈지 구체적인 계획까지는 세우기 어려웠다. 개인적으로도 아직 오케스트라에 소속되어 음악 활동을 하던 때여서 그저 지인들과 함께 후원금 마련을 위한 공연을 하면서 사람들에게 알음알음 알려나가는 정도였다.

그러는 사이 후원금이 필요한 아이들이나 아이들

을 도울 방법은 그 과정에서 우연처럼 다가온 여러 만남을 통해 자연스럽게 찾아졌다. 돌이켜보면 세상에는 우연한 만남도, 의미 없는 만남도 없는 것 같다. 호스피스 봉사를 시작하면서 나는 이 사실을 더욱 절감하게 되었다. 어쩌면 사랑은 이런 식으로 스스로 자기를 실현해 가는 것이 아닌가 하는 생각이 든다. 아이들과의 인연은 나의 의지가 아니라 어떤 필연적인 힘에 의해서 하나둘 만들어져갔다. 카페를 시작한 지 얼마 안 돼 맺어진 지민이와의 인연도 마찬가지였다.

어느 겨울날, 카페 문을 열기도 전이었는데 벨이 울렸다. 카페가 외진 곳에 있고 그 전날 눈도 많이 온 터라 아직 손님이 찾아올 만한 때가 아닌데도 벨이 계속 울렸다. 얼른 옷을 챙겨 입고 나가보니 근처를 지나가던 몇몇 사람이 약간 미안해하는 듯한 표정으로 서 있었다.

평소 이 동네를 지나면서 이곳 카페에서 하는 일이 무척 궁금했다며 쑥스러운 듯 말문을 열었다. 그분들께 따뜻한 차를 대접하면서 암으로 부모를 잃은 아이들을 위한 후원회를 이 공간에서 공연과 함께 하고 있다는 이야기를 들려주었다.

방문객 중 한 분은 고등학교 교목으로 있는 분이었다. 그분이 눈을 크게 뜨고 내 이야기를 주의 깊게 듣더니 조심스레 물었다.

"이번에 우리 학교에 새로 입학한 학생 중에 중학교 담임선생님 추천을 받아 장학생으로 선발된 아이가 있어요. 엄마 혼자 아이를 키우는데, 엄마가 암으로 고생하고 계세요. 혹시 여기서 하신다는 암 환자 가족 후원을 받을 수 있는 길이 있을까요?"

그날 목사님과의 만남은 지민이네와 인연을 맺어주기 위해 마치 하늘이 준비해 놓은 일 같다는 생각이 들었다. 지민이와 지민이 엄마가 처한 문제들을 풀어가면서 나는 내가 어디까지 일을 할 수 있는지, 또 이 일을 하기 위해서 나는 또 얼마나 많은 사람들에게 도움을 받아야 하는지 많은 것을 깨우치고 배울 수 있는 계기가 되었다.

나는 목사님께 자세한 정황을 여쭈었다. 사연을 듣는데 그들 가족이 처한 상황이 그렇게 답답할 수가 없었다. 지민이 아버지가 집을 아내 명의로 모두 돌려놓은 뒤 그 집을 담보로 얻을 수 있는 돈을 모두 가지고 사라졌다고 했다. 기초생활수급을 받으려 해도 엄마 명의로 된 집이 있어서 받을 수가 없었다.

게다가 지민이 엄마는 자궁암과 심한 당뇨, 거기에 우울증까지 겪고 있어서 생계를 유지하기조차 힘든 상황이었다. 조금만 일을 해도 심한 당뇨 때문에 쇼크가 왔고, 자궁암으로 인해 하혈을 하기 일쑤였다. 악성 빈혈과 우울증까지 겹쳐 더 이상 어디에서도 일을 할 수 없는 지경이었다.

공부를 아주 잘했던 큰딸 지민이는 특목고에 입학을 했지만 등록금을 낼 수 없어서 진학을 포기해야 했다. 그 대신 장학금을 받을 수 있는 상업고등학교에 진학하게 되었다고 했다.

목사님의 부탁으로 지민이네 가족에게 지원을 해주기 위해 집을 찾아가 보려고 했지만, 어떤 이유에서인지 지민이 엄마는 집에 오는 걸 꺼려했다. 집을 찾아가야 할 이유를 거듭 밝혔지만, 집을 찾아와야만 한다면 지원을 받지 않겠노라고 냉랭하게 말했다.

"어머니, 저희 봉사회에서 지원을 하려면 가정 방문을 하고 나서 상황을 보고해야 해서 그런 거예요. 하지만 어머니께서 그렇게 강경히 원치 않으시니 가정 방문은 생략하겠습니다. 목사님께서 추천하신 내용도 있고 하니까요."

내 말에 지민이 엄마는 무척이나 자존심이 상한 것 같았다. 그러고는 다시는 방문 얘기를 꺼내지도 말라며 한 번 더 다짐을 받았다. 나는 상황이 복잡하고 생계 유지조차 힘든 지민이네를 어떻게든 꾸준하게 도울 수 있는 방법이 없을지 고민했다. 어느 봉사회든 자신의 힘만으로 어려운 가정을 지원하는 데는 한계가 있게 마련이다. 그래서 동사무소 사회복지센터와 사랑의열매 같은 곳에 지원을 요청해 볼까도 생각했다.

하지만 아무리 닦으려 해도 닦아지지 않는 뭔가가 가로막혀 있다는 느낌을 지울 수 없었다. 남이 아무리 나서서 도우려 해도 당사자가 마음을 열고 받아들이지 않으면 더 이상 다가설 수 없고 도움도 거기서 멈출 수밖에 없다. 아이들 엄마는 세상과의 소통을 거부한 채 자신의 삶을 공개하기 꺼려했다. 스스로 삶을 더욱 힘들게 만들고 있는 것 같았다.

어떻게든 지민이네 가족을 돕고 싶었지만, 방법을 제시할 때마다 아이들 엄마는 냉정하게 말길을 막아버렸다. "지금까지도 이렇게 살았네요. 먼저 도와달라고 한 것도 아니니 애쓰지 마세요." 이렇게 쏘아붙이며 울기만 했다.

"어머님, 저희 봉사회 회원들은 힘든 것을 함께 나누고 싶어하는 분들이에요. 자선가가 베푸는 일시적인 위로도 아니구요. 그러니 마음 편하게 받아주셨으면 좋겠어요."

그동안 그녀는 남에게 도움을 받고 살아본 적이 없었다. 그러니 누군가에게서 도움의 손길을 받는다는 게 낯설고 자존심 상한 일일 수 있었다. 그 심정은 충분히 이해가 되었다. 그러나 딱한 상황을 안 이상 나 몰라라 할 수는 없었다. 우선 중요한 것은 지민이를 지원하는 것보다 엄마의 병부터 고쳐 건강을 회복하고 스스로 일을 하면서 살아갈 수 있도록 하는 것이라는 생각이 들었다.

다행히 나에게는 언제라도 도움을 청하면 말없이 도와주는 20년 지기 의사 내외분이 있었다. 후원금 마련을 위한 공연이 늘 순조로웠던 것은 아니어서, 예상했던 만큼 후원금이 모이지 않는 것을 안쓰럽게 여기던 이들 부부는 바쁜 와중에도 종종 후원에 동참할 주변 친구들을 데려오기도 하고, 공연 뒤풀이 자리에서 여러 모로 적지 않은 도움을 주기도 했다.

나는 그분들에게 지민이 엄마가 수술을 받을 수 있게 도와달라고 부탁했다. 대학 병원의 신경외과 과장으로 재직중인 그는 같은 병원 산부인과에 연결해 주었고, 산부인과 과장은 다행히 이런 일에 쓰일 기금이 마련되어 있으니 무료 수술을 할 수 있다는 반가운 소식을 전해주었다.

길이 생기면서 나는 아이들의 웃는 모습부터 떠올렸다. 언제나처럼 아이들을 보면 내 아이가 생각났고, 내 아이를 보면 부모 없이 힘들게 살아가는 아이들이 보였다. 지민이 자매가 활짝 웃는 모습을 보는 것은 내 아이가 활짝 웃는 모습을 보는 것만큼이나 행복한 일이었다.

다행히도 지민이 엄마의 자궁암은 심각하게 전이된 상태가 아니어서 자궁 절제 수술로 좋아질 수 있었다. 하혈로 인한 빈혈은 몇 개월 동안 식사만 잘하면 해결될 수 있다고 했다. 그러나 생계 유지는 물론 병원비와 약값조차 지불하기 힘든 상황이라 빈혈 치료를 위해 잘 먹는다는 것은 그녀로서는 사치나 다름없었다. 그동안 힘겨운 세월 속에서 얻은 정신적 충격도 치료가 쉽지 않았다. 당뇨에 합병증까지 더해진 상태에서 일자리를 얻는 것도 아직 어려웠다.

지민이 엄마는 아이들 후원비 대신 생활비와 약값을 지원해 줄 수 없겠느냐고 의논을 해왔다. 상황이 그런지라 봉사회에서는 가끔씩 약값과 병원비를 지원해 주었다.

"봉사회에서 지민이만 돕는 것이 아니어서 충분히 도움을 드릴 수가 없네요. 다행히 지민이가 공부를 잘하는데, 나중에 대학 등록금이 없어서 문제가 된다면 더 힘든 상황이 될 수도 있으니 조금만 더 견뎌 보세요."

나는 이렇게 말해야 할 때가 가장 힘들었다.

어느 날 지민이 엄마가 다급한 목소리로 전화를 했다.

"지민이가 차라리 혼자였으면 좋겠다면서 처음으로 불만을 터트리네요. 어쩌면 좋을까요?"

그녀는 채 말을 잇지 못하고 울먹거렸다.

"지민이도 다른 아이들처럼 아직 어려서 그런 거예요. 왜 지민이라고 투정부리고 싶지 않겠어요? 엄마 마음을 지민이가 모를 리 없어요. 어머니가 수술 받으시던 날 지민이가 울면서 제게 수술받게 해줘 고맙다고 인사도 한 걸요."

나는 지민이가 한 말에 너무 신경 쓰지 말라며 다독였다.

당뇨로 힘든 상황에서 어렵게 일을 했지만 수입은 얼마 되지 않았다. 그마저도 빚을 갚는 데 모두 써야 했다. 그러니 수시로 해야 하는 당뇨 검사는커녕 약값도 제대로 대지 못하는 형편이었다. 여자 혼자서 남편이 남긴 빚을 몽땅 떠안고 자식까지 돌봐야 하는 상황이 오죽했을까? 어디에 내놓고 하소연할 수도 없을 텐데 그 설움은 또 얼마나 클까? 그런 상황에서 자식이 마치 부모를 탓하는 듯한 말을 했으니 상심이 이만저만이 아니었을 것이다.

"지민이 어머님, 지금은 다른 생각 마시고 아이들 잘 크는 것에만 감사하면서 살아보면 어떨까요? 지민이가 커서 번듯한 직장을 갖게 되고, 그러면 한결 여유도 생기지 않겠어요? 되도록이면 좋은 것들만 생각해 보세요."

"그런 날이 빨리 왔으면 좋겠어요."

그래도 마음의 문을 꼭꼭 닫아두었던 처음과는 달리 조금씩 마음을 열어 보이니 내 마음도 훨씬 가벼워지고 이런저런 이야기도 나눌 수 있어 좋았다.

봉사회의 도움만으로 지민이 가족의 어려움이 모두 극복될 수는 없었다. 하지만 아이들이나 엄마는 각자 최선을 다하면서 상황을 견뎌나갔다. 엄마는 어떻게든 우울증을 극복하려는 의지도 보여주었다.

"도움을 받는 것이 얼마나 창피한 일인지 아세요? 저도 예전엔 행복한 삶이 있었어요. 주위에 불쌍한 사람들 만나면 그냥 지나치지 않았는데⋯⋯ 애들 아빠가 그렇게 떠나고 나니 제가 이 꼴이네요."

사실 나는 그녀를 다독여줄 수 있는 사람이 아니었다. 그 삶을 살아보지도 않은 내가 무슨 말을 해줄 수 있을까? 그저 얘기를 들어주는 것밖에, 내 힘이 닿는 범위 내에서 그녀가 가장 불편해하는 부분을 도와주는 것밖에는⋯⋯

"저는 지민이네를 도와드린다는 생각은 안 합니다. 얼마 안 되더라도 가진 것을 나눌 수 있는 사람들이 서로 나누는 것뿐이라고 생각해 주세요."

사실이 그랬다. 잘살고 못 사는 게 누구의 잘못 때문도 아니고, 지금 경제적으로 여유가 있다고 해서 반드시 행복할 거라거나 영원히 잘산다는 보장이 있는 것도 아니지 않은가.

"얼마나 많은 돈을 가져야 부자라고 하는지 모르겠지만, 어려움에 처한 이웃과 조금이라도 나눌 수 있는 사람이라면 그런 사람이 부자인 거죠. 지민이 어머님도 언젠가는 예전처럼 다시 부자의 마음으로 살아갈 수 있을 거예요."

물론 이런 이야기가 당장 힘든 사람한테 얼마나 도움이 되겠는가? 그래도 이런 이야기를 나눌 정도로 마음의 문이 열렸다는 건 희망적인 일이었다. 그녀는 힘들 때면 가끔씩 내게 전화를 했다. 아이를 둔 같은 엄마의 입장에서 우리는 참 많은 이야기를 나누었다. 그저 그것만으로도 나는 고마웠다. 아마 지민이 엄마도 그랬을 것이다. 아무리 힘든 이야기도 표현하고 나면 적어도 그만큼은 마음의 무게가 덜어지지 않던가.

암 환자 가족을 지원하면서 나는 그들의 삶 모두를 책임지려고 한 것은 아니었다. 말할 필요도 없이 봉사회가 할 수 있는 것에는 한계가 있었다. 그러나 혹시라도 다른 기관에 도움의 손길을 요청해 볼 만한 것이 있을 수도 있고, 암 환자 가족들이 몰라서 하지 못하고 있는 것이 있을 수도 있었다. 이런 것들은 우리가 돕거나 채워줄 수 있었다. 가장 절실한 한 가지가 해결될 때 그들의 마음에 희망이 생기고 힘이 생기는 것을 나는 지민이네를 보면서 알 수 있었다. 단지 후원금을 모아 전달하는 것만이 아니라 그런 식으로 마음을 나눌 수 있다는 것을 나는 배운 것이다.

한번은 지민이가 밝은 얼굴로 나를 찾아왔다. 전국모의고사에서 전 과목 성적을 거의 만점에 가깝게 받은 지민이가 내게 성적표를 직접 보여주고 싶어서 찾아온 것이었다. 대견하게도 아이는 자기 자리에서 최선을 다하고 있었다. 무엇보다 꿈을 잃지 않고 공부에 전념하는 모습이 기특했다. 그러나 동시에 슬픔 같은 것도 느껴졌다. '공부밖에 할 수 없는 네 마음이 오죽할까?' 하는 안타까움이 들었기 때문이다. 지민이 입장에서는 고민이 있어도 아픈 엄마에게 맘껏 털어놓을 수가 없었다. 그저 공부하는 것으로만 자신의 아픔이나 고민, 외로움을 이겨냈을 것이다.

나는 지민이의 학교 생활이 궁금해 목사님께 전화를 해, 지민이가 급식은 잘 받고 있는지, 친구들 간에 관계는 괜찮은지, 뭐 달리 각별히 신경 써야 할 것은 없는지 등을 물었다.

그러던 어느 날 지민이 엄마에게 전화가 왔다. "아이가 점심 급식을 받는 줄 알았는데 여태껏 굶고 있었나 봐요. 집에다 급식비 내야 한다는 말도 못하고 있던 것을 이제 알았으니 어떡하죠?"

지민이 엄마는 학교에서 학비 지원만 해주었지 급식비 지원은 없다며 봉사회에서 도와줄 수 있겠는지 물었다. 학교에 알아보니 학교 급식이 입에 맞지 않는다며 지민이가 급식 신청을 하지 않았다고 했다. 집안 형편 때문에 엄마에게 급식비 얘기도 꺼내지 못하고, 다른 아이들 모두 밥을 먹을 때 굶고 있어야 하는 아이의 마음이 어땠을까! 우선 급한 대로 급식비를 집에서 낸 것으로 신청을 하고 아이가 점심이라도 잘 먹을 수 있도록 했다.

나는 지민이를 좀 더 세심하게 돕고 싶은 마음에 학교 교장선생님과 중학교 시절의 담임선생님, 그리고 목사님을 초청하여 '사랑의 테이블' 후원의 밤을 열기로 했다. 다른 이들이 주는 물질적인 도움보다는 학교에서 더 적극적으로 아이를 지원해 주었으면 하는 바람이었다. 장학금 때문에 원치 않은 학교에 진학한 것이긴 했지만, 사실 학교 입장에서 지민이처럼 기특한 아이가 있다는 것은 분명 자랑스러운 일일 것이다. 지민이 가족에게도 이 날만큼은 웃음을 선물해 주고 싶었다.

음악은 재즈 팀을 이끌고 있는 한 대학교 교수님께 부탁을 했다. 음악이 주는 힘은 컸다. 행사가 시작되고 한 자리에 모여 앉은 이들이 어느덧 음악으로 한 마음이 되었다. 처음에는 재즈 리듬에 맞춰 어색하게 박수를 치는 것 같았지만, 저마다 마음속에 일렁이는 감흥은 숨길 수 없었다. 비록 이 순간이 영원할 수 없다고 해도 이 날 하루만큼은 모두에게 행복한 자리가 되는 듯했다. 교장선생님은 지민이가 졸업할 때까지 마음의 상처를 받지 않도록 모든 것을 학교에서 지원하겠다고 그 자리에서 약속해 주었다.

그로부터 3년이라는 세월이 흘러 지민이는 명문 대학의 신문방송학과 수시 모집에 장학생으로 합격했다. 지민이와 어머니는 누구보다도 먼저 나에게 합격 소식을 알려주었다. 내 눈에서 뜨거운 눈물이 흘러내렸다. 마치 사막 한가운데 돋아난 초록의 생명처럼 힘든 상황에서도 꺾이지 않고 일어선 지민이가 장하고 자랑스러웠다. 축하 선물로 나는 카메라를 선물했다. 그동안 후원회에서 모아온 후원금도 아이에게 모두 전달했다. 지민이에게 오랫동안 해주고 싶었던 가슴속의 말도 함께.

"지민아! 드디어 넌 이 우주의 성인으로 한 발을 내딛은 거야. 이제 시작이다. 날개를 활짝 펴고 날아보렴."

아홉번째 이야기

엉킨 실타래를 풀듯이

"뭣이가 있어? 없어야, 한 개도 없어."

안면 근육 마비로 한쪽 눈을 뜨지 못하는 지수 할머니가 손으로 눈꺼풀을 치켜 올리며 말했다.

"왜요, 할머니? 가족이 모두 출연했던 텔레비전 프로그램이 사랑의 나눔에 관한 프로그램이었는데 후원금을 전달해 주지 않던가요?"

"통장 보랑께! 출연료라고 해서 5만 원 입금된 것이 전부여야!"

지수네를 알기 한 달 전 나는 한 방송사의 프로그램에 짧게 인터뷰를 한 적이 있었다. 나는 내가 나온 프로그램을 보려고 텔레비전 앞에 앉아 있다가 그날 내 인터뷰가 끝나고 연이어 소개된 지수네 사연까지 보게 되었다. 힘겹게 살아가는 지수네 사연을 보는 내내 마음이 편치 않았다.

결국 방송국을 통해 해남에 살고 있는 지수네 연락처를 알아내 전화를 했다. 봉사회의 취지대로 뇌종양 엄마를 둔 어린 지수라도 도울 수 있을까 싶어서였다. 마침 지수 엄마가 안과 진료를 받기 위해 가족과 함께 서울에 온다고 했다. 영등포에 있는 한 병원에서 나는 그들과 만났다.

이들 가족을 처음 만났을 때 지수는 다섯 살이었다. 엄마는 베트남에서 한국으로 시집 온 이주 여성으로, 한국에 온 뒤 급성 뇌종양 진단을 받았다. 수술을 하긴 했으나 두 눈을 모두 실명하게 돼 정상적인 생활을 할 수 없는 상태였다. 지수 아빠도 정신 장애인이라 한 해에도 몇 차례씩 정신 병원에 입원해야 하는 상황이었다. 할머니가 계셨지만 안면 근육 마비로 한쪽 눈꺼풀이 내려와 앞을 제대로 볼 수 없었다.

상황이 그랬음에도 이런저런 조건이 맞지 않아 기초생활수급 대상자에 해당되지 못했고, 그러니 국가로부터 아무런 도움도 받지 못했다. 시골에 살고 있는 그들에게 조그만 밭이 하나 있는 게 문제였다. 일할 수 있는 사람이 없어서 쓸모없다시피 한 밭이었는데도 말이다.

지수 할머니의 다른 자식들도 모두 힘들게 살고 있어서 겨우 용돈이나 할 수 있을 정도로만 돈을 보내줄 뿐이었고, 그 돈으로 네 가족이 힘겹게 살아가고 있었다. 지수네와 같은 가정을 볼 때마다 나는 제도의 불합리성에 분노하면서 한참을 씩씩거리곤 한다. 사회복지사의 관심과 열의가 조금만 더 있었더라도 기초생활수급 대상에 포함시킬 방법을 찾을 수 있을 텐데…… 아쉬운 마음이 드는 건 어쩔 수 없었다.

숲 속에 들어와 살면서 알게 된 것이지만, 아무리 시골에서 농사를 지으며 그걸로 먹고산다 해도 예상외의 돈이 쏠쏠히 들어간다. 시골에서 생활하면 최소 비용으로 최대 효과를 누리며 산다는 것이 도시 생활과 다르다면 다를 뿐이다. 더군다나 시골 생활은 몸을 부지런히 움직여야 하는지라 장애를 가진 사람이 시골에서 농사짓고 살기란 여간 힘든 게 아니다.

이주 여성을 돕는 일을 하는 해남의 한 무용가가 힘들게 살고 있는 지수네를 보고 방송국에 사연을 보내 이들 가족을 도와달라고 호소했고, 그 결과 지수네 가족의 이야기가 방송으로 소개가 되었던 것이다. 그런데 방송이 나간 지 한 달이 지났는데도 지수네 가족에게 도움을 주겠다는 사람이 없었는지 통장에 들어온 성금이 한푼도 없다는 것이었다. 그래도 방송이 나갔다면 당연히 국가로부터 지원이 있다든지 방송을 보고 성금을 기탁한 사람이 있을 법도 한데, 상황은 전혀 달라진 게 없었다. 어디에 연락을 해야 그런 내용을 알 수 있는지조차 몰라 가족들은 답답해하고 있었다.

"동네 사람들이 티비에 나왔다고 형편 폈을 거라는디 피긴 뭐가 펴? 보시오, 통장 보랑께."

할머니는 마치 자기네가 이용만 당한 것 같은 기분이라며 분통한 마음을 내게 호소했다. 나는 그저 암 환자 부모를 둔 어린 지수를 후원하려고 연락을 했던 것인데 뜻밖의 안타까운 사실을 알게 된 것이다. 지수네 가족을 만나고 나서 나는 방송국과 사회복지재단에 연락을 했다. 그리고 아직 후원금을 받지 못했다는 사실을 전했다. 담당자는 재단의 결제 과정상 성금이 지원되기까지는 시간이 걸린다며 나름의 사정을 이야기했다. 설명은 들었지만 그래도 왠지 마음이 씁쓸했다. 방송에 자신들의 처지를 공개하여 도움을 청하기가 결코 쉬운 일이 아니라는 것을 헤아리고, 후원금 지급을 조금이라도 당기기 위해 노력해 주었다면 더 좋았을 텐데 하는 아쉬움이 들었다.

누군가 나에게 "왜 이런 고생을 자처하느냐?"고 물은 적이 있다. 나는 내가 하는 일이 고생이라고 생각하지 않는다. 말기 암으로 자식을 두고 떠나는 엄마들의 심정이 내게 전해져서 시작한 일이었고, 누군가의 도움이 필요할 때 내가 그 일을 할 수 있다는 게 즐거웠다. 더욱이 나의 힘만으로 그 일을 하는 것도 아니었다. 수많은 인연의 고리 속에서 나 또한 많은 사람의 도움을 받아야 할 수 있는 일이었다. 또 설령 누군가 도움이 필요한 사람이 보이고 그 사람을 도와야겠다는 마음이 들어도 늘 바로바로 행동에 옮겨지는 것도 아니었다.

서울에서 지수네 가족을 만나고 난 뒤 나는 짬을 내어 지수가 살고 있는 전라도 해남으로 향했다. 해남에 도착해 일단 숙소를 정했다. 워낙 먼 길이라 당일로 지수네 집까지 가기에는 차편이 마땅치 않아 하루를 묵어야 했다. 다음날 숙소에서 다시 지수네 집으로 향했다. 1월이었는데도 밭에서는 사람들이 배추를 출하하기 위해 수확을 서두르고 있었다.

배추밭 저 너머로 지수네 집이 보였다. 지수네 집 앞에 있는 작은 밭을 보니 그동안 일을 전혀 하지 못했다는 것을 금세 알 수 있었다.

비닐하우스에는 농기구 몇 개만 있을 뿐 땅을 간 흔적조차 없었다. 두 칸짜리 슬레이트집은 부실하기 짝이 없었고, 방으로 들어가니 쥐가 드나든 흔적도 보였다.

"쥐가 드나들어도 지수는 자고, 우리는 아무도 못 봐!"

긴 한숨을 내쉬며 할머니가 말했다. 방에는 밥통만 하나 덩그러니 놓여 있었고, 차가운 바닷바람에 방바닥이 식지 않도록 이불을 깔아놓고 있었다. 그나마 손님이 온다기에 보일러를 튼 거라고 했다. 식구 중 유일하게 앞을 볼 수 있는 사람은 다섯 살짜리 지수뿐이었다. 엄마와 할머니를 대신해서 지수가 밥을 준비하다가 뜨거운 냄비에 팔을 데이기도 했다고 했다. 그때 지수 엄마의 마음이 얼마나 아팠을까! 이런저런 사정 얘기를 듣고 있노라니 지수네가 처해 있는 상황이 마치 엉켜 있는 실타래같이 느껴졌다. 어떻게 풀어야 할까……

요즘엔 실타래를 구경하기 힘들지만 옛날에는 실타래를 사다가 손으로 직접 실을 감아서 쓰곤 했다. 어릴 적, 엄마는 실타래를 내 양손에 걸어놓고 천천히 실을 풀어 동그란 공 모양으로 감았다. "엉키지 않도록 잘 잡아" 하며 일러줘도 어린 나는 종종 놓쳤다. 그러면 실이 엉키곤 했는데 한번 엉킨 실은 여간해서 풀리지 않았다.

얼마 전 시골 장에 가보니 실타래로 된 실을 파는 할머니가 있어 한 타래를 사온 적이 있다. 숲 속에서의 길고 지루한 밤에 실을 풀어 실패에 감아보았다. 혼자서 하려니 여간 힘든 게 아니었다. 실타래를 놓칠 때마다 실마리를 찾기도 쉽지 않았다. 엉켜 있는 실을 보면 몇 가닥이 한데 꼬여 있다. 풀려야 할 실과 아직 풀리지 말아야 할 실이 꼬여서 엉킨 것이다.

만약 실이 엉켰다면 일단 마음을 여유 있게 갖고 천천히 실마리를 찾아야 한다. 실마리를 찾지 못할 때는 과감히 실을 끊을 줄도 알아야 한다. 물론 쉽게 포기해서도 안 된다. 느긋한 마음으로 엉켜 있는 실들을 자세히 들여다보면서 엉킨 부분을 넓게 벌리면 어디서 엉켰는지 알 수 있고, 실마리만 찾으면 꼬인 실은 금방 풀린다.

인생의 문제도 마찬가지다. 엉킨 문제들을 침착하게 들여다보면 문제의 실마리가 드러나고, 실마리를 찾았다면 문제는 풀리게 되어 있다.

지수네도 엉킨 실타래를 풀듯 천천히 엉킨 매듭들을 들여다보면서 문제를 풀어나가야 했다. 서울로 돌아와 어디서 실마리를 찾아 문제를 풀어나갈지 생각하기 시작했다. 우선 마음을 차분히 하고, 엉켜 있는 실타래 부분을 다시 한 번 넓게 펴보았다. '다섯 살짜리 아이가 밥을 짓는다는 것은 말도 안 돼. 할머니부터 병원으로 모시자.' 내가 찾은 실마리는 그것이었다.

우선 가족을 모두 서울로 올라올 수 있도록 했다. 이번에도 종합 병원에 근무하는 지인한테 도움을 청했다. 지민이 엄마 때도 도움을 주었던 그 신경외과 과장님이었다. 그분은 할머니의 안과 진료를 알아봐 주었고 병원 내 사회복지과에도 연결해 주었다. 나는 방송국과 복지 재단에 연락해서 지수네를 위해 모아진 성금이 전달될 수 있도록 했다.

검사 결과 다행히 할머니의 시력에는 문제가 없었고 심하게 처진 눈꺼풀만 해결하면 되었다. 쌍꺼풀 수술 하나로 할머니가 다시 앞을 볼 수 있게 된 셈이다. 할머니가 앞을 볼 수 있게 되면 지수네 살림은 우선 해결할 수 있었다. 다섯 살짜리 지수가 밥을 짓거나 청소를 하지 않아도 되고, 쥐가 방 안을 마음대로 돌아다닐 일도 없을 것이다.

다음은 지수 엄마의 실타래를 풀 차례였다. 먼저 안과 진단을 받게 해서 1급 장애인 진단서를 발급받도록 했다. 그러나 아직 한국 국적을 취득하지 못한 상태여서 국가로부터 어떠한 도움도 받을 수 없다는 점이 문제였다. 이 문제만 해결이 된다면 기초생활수급 지원과 병원비 지원, 장애인 지원, 차량 지원, 교통비 할인 혜택과 고향인 베트남에 갈 수 있는 비행기 표까지 마련할 수 있었다.

알아보니 국적 취득을 하려면 시간도 2~3년이나 걸리고 절차도 여간 복잡한 게 아니었다. 지수 엄마도 국적을 취득하려고 노력하다 너무 복잡하고 힘들어서 지금은 포기한 상태라고 했다. 그도 그럴 것이 막상 나도 일을 진행하려니 부딪치는 일이 한두 가지가 아니었다. 희망을 품고 한국으로 시집 왔을 텐데 갑자기 생긴 뇌종양과 실명, 거기에 친정엄마가 돌아가셨어도 베트남에 갈 수 없는 현실은 또 얼마나 슬프고 괴로웠을까? 조급한 마음으로 할 일은 아니었지만, 일을 시작한 이상 미적미적 게으름을 피우고 있을 수는 없었다. 지수 엄마는 물론 가족들에게도 이는 하루가 급한 상황이었으니까.

며칠을 고민한 끝에 지수네 가족 후원금 마련을 위한 '사랑의 테이블' 공연을 갖기로 했다. 공연이 있던 날 어느 아는 언니로부터 문자 메시지가 왔다. "하늘에서 이루어진 것같이 땅에서도 이루어지소서." 맨땅에 헤딩하듯 좌충우돌하는 나의 무모한 봉사 정신에 격려를 보내준 것이었다. 짧은 문자였지만 나는 정말 감사했다. 이렇게 나의 마음을 헤아려주는 사람이 있다는 것만으로도 감격스러웠다.

그리고 그날, 기적 같은 일이 일어났다. 예약 없이 마지막 손님으로 카페에 온 어느 분이 명함을 놓고 갔는데, 놀랍게도 법무부 국적취득과에서 일하는 분이었다. 그 당시 나는 국적 취득과 관련한 법률을 꼼꼼히 살피며 어떤 준비를 하면 되는지 며칠째 공부를 하던 참이었다. 우리말인데도 이해하기 힘든 단어가 수두룩했다. 나한테도 어려운데 외국인한테는 얼마나 힘들까? 그런 상황에서 국적취득과에서 일하는 사람의 명함을 받은 것이다. 놀랍기도 하고 신기하기도 했다. 어쩌면 그 명함 한 장에 엉킨 실타래를 풀 두 번째 단서가 있을 것 같았다.

다음날 아침 일찍 그분에게 전화를 했다. 이럴 때일수록 마음을 차분하게 해야 한다는 '실타래 풀기 규칙'을 생각하고 침착한 목소리로 상황을 설명했다. 그리고 법무부장관 앞으로 그동안의 일들을 적어서 지수네 가족 사진 몇 장과 함께 탄원서를 제출했다.

일주일 만에 연락이 왔다. 한국이란 나라를 믿고 찾아온 힘없는 여성을 위한 일이니 법무부에서도 최대한 빠르게 국적을 취득할 수 있도록 조치를 해주겠다고 했다. 그리고 한 달 반 만에 지수 엄마는 '수모'라는 베트남 이름에서 '은주'라는 한국 이름으로 국적을 얻었다. 이 모든 것이 믿을 수 없는 속도로 빨리 진행이 되었다. 일이 잘 풀리도록 도와주신 몇몇 분을 나는 지금도 잊을 수가 없다.

국적을 얻은 다음 나는 다시 지수네가 사는 지역의 면 사회복지과를 찾아갔다. 한국인으로서 당연히 누릴 수 있는 권리를 누리게 해주고 싶었다. 그리고 얼마 후 그동안 받지 못하던 기초수급과 장애인수급을 모두 받게 되었다.

이제 남아 있는 건 지수 아빠의 문제였다. 이 실타래는 자칫 잘못하다간 또다시 엉켜 불행이 반복될 수 있는 위험이 있다는 생각이 들었다. 불현듯 "실마리를 찾지 못할 때는 실을 과감하게 끊어야 한다"는 실타래 풀기 규칙 하나가 떠올랐다. 나는 지수네 집 근처에 있는 교회를 찾아가 도움을 청했다. 그동안 지수 아빠를 전도하려 그 교회의 목사님과 교인들이 애썼다는 얘기를 들었기 때문이다. 교회 측에서도 흔쾌히 도와주겠다고 했다.

지수 아빠도 그동안의 나쁜 생활 습관을 모두 끊겠다고 약속했다. "정신 잃지 않고 살게요. 예배에도 꼬박꼬박 참석하고 늘 기도하며 사는 사람이 되겠습니다." 지수 아빠는 나와 손가락을 걸며 굳게 약속했다. 지수네 가족을 만난 후 서너 달 만에 엉킨 실타래가 이렇게 모두 풀렸다.

말할 것도 없이 이 모든 것은 나 혼자서 한 일이 절대 아니다. 신경외과 원장으로 있는 지인에서부터 공연이 있던 날 카페에 찾아온 국적취득과의 그분, 법무부 직원들, 면의 사회복지사, 지수 삼촌, 교회 사람들…… 모두 함께 힘을 모아준 덕분이었다. 이런 일을 겪을 때마다 나는 다른 누구보다도 내 자신이 얼마나 큰 사랑을 받고 있는지 새삼 깨닫곤 한다. 한 사람 한 사람 안에 담긴 사랑의 마음은 따로따로 있을 때는 작아 보여도 그것들이 모여 커다란 사랑의 물줄기를 내는 것을 보면 기적이 따로 없다는 생각이 든다.

그로부터 4년이 흐른 지금, 지수네 가족은 큰 탈 없이 잘 지내고 있다. 지수 엄마는 일주일에 한 번씩 다국적 이주 여성 모임에도 나가고, 지수도 학교에 들어가 잘 다니고 있다. 지수 아빠는 가끔 이런 전화를 해온다. "누님! 마늘 보낼 건디 받으면 풀어서 잘 말려야 한당게요. 참, 고춧가루 있소? 없으면 내 가을에 보낼랑께. 그라고 소금은 절대 다른

데서 사지 마시요! 내 것은 3년 묵은 소금이당게!"

언제 들어도 참 반가운 목소리다. 카페에서 요리를 하면서 나는 해남에서 온 재료를 사용하곤 했다. 재료값은 당연히 치르는데 그 값은 터무니없이 쌌다. 지수 아빠는 여전히 약을 먹고 있지만 더 이상 병원에 입원하는 일은 생기지 않았다. 이제 지수네의 엉켰던 실은 실패에 가지런히 감겨 있고, 더 이상 엉키지도 않을 것이다.

지수네 가족의 엉킨 실타래가 다 풀렸다는 생각이 들었을 때 그들을 위해 축제를 열어주고 싶었다. 베트남에서 온 뒤로 베트남 요리를 한 번도 먹어보지 못했다는 지수 엄마를 위해서 베트남식 해물볶음밥을 해주고, 지수와 지수 아빠한테는 먹고 싶어하던 돈가스와 된장 리조또를 차려주고 싶었다. 또 밥만 있으면 뭐든지 잘 드신다는 지수 할머니를 위해서는 보리와 된장으로 한국적인 맛을 낸 리조또를 해드리고 싶었다.

나는 지수네 네 식구 말고도 가까운 가족 몇 사람을 초대해 해드리고 싶었던 음식들을 차려냈다. 그 자리에 함께한 다른 가족들에게는 해산물과 지수네 해남 배추를 넣은 토마토소스 스파게티, 고추 피자, 샐러드 등을 만들어드렸다. 지수가 무대로 나와서 노래도 불렀다. 지수의 부모는 아이가 노래하는 소리를 듣고 박수를 치며 무척 흥겨워했다. 그렇게 지수네 가족이 모처럼 행복한 시간을 갖는데 그 모습을 보는 나도 더없이 행복했다.

그리고 몇 개월 뒤, 지수 엄마가 공항에서 전화를 해왔다.

"언니! 나 지금 베트남 고향에 가요."

"잘 다녀와요. 몇 년 만에 가는 거죠?"

"6년 만인디요?"

지수 엄마의 대답에 픽 웃음이 나왔다. 베트남 여자가 한국말 중에서도 전라도 사투리로 말하다니. 자기 어머니가 돌아가셨을 때도 갈 수 없었던 고향집, 그 고향집을 가는 길이지만 두 눈으로는 아무것도 볼 수 없다는 사실에 나는 가슴이 아팠다.

"조심해서 잘 다녀와요! 가족들 만나도 볼 수 없다고 슬퍼하지 말구요!"

"아녀요잉! 들을 수 있잖아요."

그렇다. 말 통하는 고향 나라에서 옛 가족들을 만나 얘기를 나눌 수 있다는 것만으로도 얼마나 행복한 일인가!

살다 보면 인생의 실타래가 때론 엉키기도 하고 꼬이기도 한다. 그러나 어렵더라도 그 엉킨 실을 잘 풀어 실패에 감아두면 더 아름답고 행복한 인생을 바느질해 가는 재료로 쓸 수 있다. 지수네도 이제 아름다운 조각보를 만들어갈 일만 남았다.

열 번째 이야기

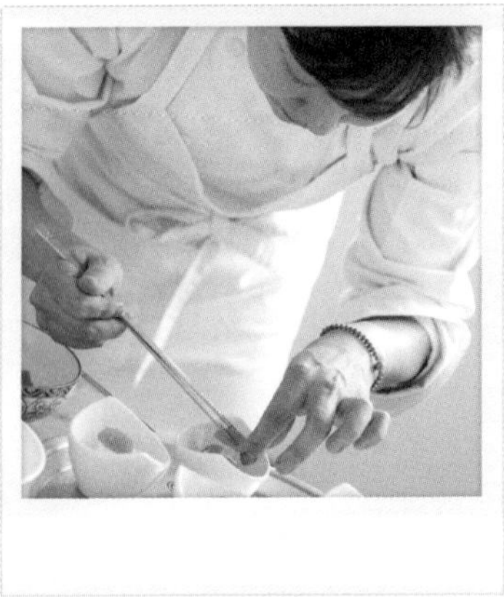

아버지를 위한 사랑의 요리

어느 날 카페에서 열린 '사랑의 테이블' 음악회에 참석한 한 방송사 피디가 이 음악회를 자신들의 프로그램에 소개해 보고 싶다며 관심을 보였다. 그리고 얼마 지나지 않아 피디는 한 암 환자 가족의 사연을 들고 왔다. 그들 가족을 위한 '삶의 마지막 축제'를 '사랑의 테이블' 공연과 더불어 열어줄 수 있는지 물어왔다.

"이분은 혈액 암 말기 투병중에 계세요. 사망 선고를 받은 후 1년이 지났지만 지금도 기적처럼 생명의 불꽃을 피우고 있어요. 이분께서는 아버지로서 최선의 모습을 보이고 싶어하세요."

나는 흔쾌히 '사랑의 테이블' 시간에 그분과 가족을 초대하기로 했다. 언제나 그러했듯이 삶의 마지막은 아무도 모르기 때문에 어떠한 인연이라도 나는 이 일에 최선을 다하고 싶었다. 나는 '삶의 마지막 축제'에는 아들이 투병중인 아버지를 위해 직접 밥상을 차려주는 모습을 상상했다. 삶의 마지막을 맞은 분에게 가장 사랑하는 이가 밥상을 차려준다면 그것이 그분에게는 살아생전 최고의 밥상이 될 것이기에…… 나는 곧바로 공군에 복무한다는 그분의 아들과 통화를 했다.

"안녕하세요? '사랑의 테이블'을 진행하는 요리사입니다. 혹시 피디님께 연락받으셨어요?"

"아, 네! 받았습니다. 아버지를 위해 제가 할 일이 무엇인가요?"

나는 피디에게 "아들에게 요리를 가르쳐서 아버님이 좋아하는 재료로 밥상을 차려드리게 했으면 좋겠다"고 제안을 했었다. 그래서 군 복무중인 아들에게 요리를 가르치기 위해 약속을 하려고 전화를 했던 것이다.

"저는 근무 시간 때문에 일요일밖에 시간이 나질 않는데요."

"그럼 일요일 아침 일찍 오실 수 있나요? 그리고 아버님께서 좋아하시는 음식이 뭔지 미리 알려주셨으면 해요."

"아버지는 면 종류는 다 좋아하시고, 특히 해산물을 좋아하세요."

"그럼 아주 간단하면서 맛있는 요리를 가르쳐드릴 테니까 그날 일찍 오세요."

이렇게 약속을 하고 나는 밀가루 반죽에 여러 가지 색을 입혀서 만드는 '해산물을 이용한 생면 파스타 요리'를 아들에게 가르쳐주기로 마음먹었다.

면과 해산물을 좋아한다는 그분은 어떤 삶을 살아오셨을지 궁금했다. 피디 말로는 아픈 몸 상태에서도 작은 음식점을 운영하면서 가족을 위해 최선을 다하고 있다고 했지만, 그분이라고 해서 자신만의 꿈이 없지는 않았을 것이다. 가장으로서 가족을 위해 자신의 꿈을 접어두고, 하기 싫은 일도 기꺼이 하면서 열심히 살아왔을 것이다. 어쩌면 자신의 꿈을 펼치는 건 불가능하다고 지레 포기했을지도 모를 일이다. 가까운 가족에게조차 구구절절 털어놓지 못한 이야기가 분명 있을 터였다.

그러다 나이가 들었고, 급기야 죽음의 문턱을 넘나들게 되었지만 1년 넘게 생명의 끈을 놓을 수 없었던 아버지, 어쩌면 그분 역시 이제 마지막이라는 생각이 들면서 1년이라는 짧지 않은 시간 동안 자신이 걸어온 인생의 굽이굽이를 들여다보고 또 들여다보았을 것이다.

듣기로 그분은 가족을 힘들게 할까봐 값비싼 항암제 투약을 포기하고 신약 개발의 임상 실험 대상자가 되어 치료를 받았다고 했다. 부작용이 일어나 임상 실험은 중단되고, 그분은 후유증으로 고생을 심하게 했단다. 그럼에도 그분은, 경제적으로 가족들 고생 덜 시키려는 마음도 있었지만, 다른 한편으로 삶을 향한 희망의 끈을 놓지 못하는 다른 혈액 암 환자들을 위해 죽어가는 자신이 할 수 있는 마지막 일이라는 생각에 또 다른 신약 개발 임상 실험에 참여했다고 했다.

자기보다는 남을 더 위하고 배려하면서 살아온 분 같았다. 죽어가는 순간까지도 가장으로서 가족을 염려하고, 암으로 고생하는 다른 사

람들을 위해 자신을 희생하는 모습이 바로 그랬다. 나는 그분을 위한 '삶의 마지막 축제'의 자리를 오래 전 가슴속에 묻어버렸을지 모를 자신의 꿈을 기억하고, 비록 꿈과는 사뭇 다른 인생을 살았을지라도 가족이라는 동행이 있고 그들을 사랑할 수 있었기에 행복하고 감사했음을 표하는 자리로 꾸며보고 싶었다.

나는 '사랑의 테이블'이라는 이름의 후원 모금 공연을 시작할 당시부터 어떻게 하면 좀 더 재미있고 의미 깊게 꾸며볼까 많은 고민을 했었다. 숱하게 아이디어를 짜내고 연구한 끝에 태어난 것이 동화에 나오는 각종 사랑 이야기들을 각색해서 음악과 함께 들려주는 '이야기가 있는 음악회'였다.

이번에는 '사랑의 테이블' 공연과 '삶의 마지막 축제'를 함께 준비하는 만큼, 꿈을 찾아 떠나는 길에서 벌어지는 유쾌한 이야기를 담은 그림 형제의 동화 〈브레멘 음악대〉를 들려주면서 중간중간 익살스런 음악을 넣기로 했다. 책임감 강한 가장으로서 오랫동안 가족을 위해 헌신하다가 지금은 암으로 힘든 시간을 보내고 있는 그분에게 잠시라도 아버지라는 자리에서 내려와 자신의 꿈을 반추해 보기도 하고, 그분 삶에서 그토록 중요한 가족들과 사랑을 확인하는 자리가 되었으면 싶었다. 동시에 가족들도 아버지의 삶을 이해하고 아버지의 행복을 위해 마음을 모으는 시간이 되기를 바랐다.

드디어 축제의 날, 아들이 약속한 시간에 도착했다. 오자마자 아들은 소매를 걷어붙이고 내가 가르쳐주는 대로 음식을 준비했다. 당근즙과 파슬리 즙, 빨강 파프리카 즙, 거기에 생면과 토마토소스까지 요리에 들어갈 재료들을 모두 준비한 뒤, 우리는 자연스럽게 서로의 아버지에 관한 이야기를 나누기 시작했다. 아버지의 꿈, 아버지와의 추억, 아버지가 흘리던 눈물, '아버지' 하고 부를 때 우리 안에서 일어나던 울림……

내가 딸이어서일까, 일찍 아버지를 떠나보내서일까, 소리 내 크게 불러보고 싶은 이름이 바로 '아버지'였다. 나는 아버지의 눈물을 딱 한 번 보았다. 결혼을 일찍 한 나는 그 과정에서 부모님의 마음을 여러 번 상하게 해드렸다. 그렇게 어렵게 결혼했지만 한번은 남편과 다투고 아무 말 없이 친정에 와서 며칠을 지낸 적이 있었다. 얼마쯤 지나자 나를 물끄러미 쳐다보시던 아버지가 "그 정도 쉬었으면 이만 너희 집에 가야지!" 하며 무겁게 말을 꺼내셨다. "아버지, 저 그냥 여기서 살면 안 돼요?" 나의 어리석은 대답에 아버지가 대뜸 나를 호되게 야단치셨다. "부모 마음 아프게 만들고 이제 와서 헤어지겠다고?" 그 말이 떨어지는 순간 아버지의 손이 나의 뺨을 세차게 내리쳤다.

나를 엘리베이터까지 배웅하던 아버지는 층수를 가리키는 불빛만 가만히 바라보고 계셨다. 그때 흘끗 아버지 쪽을 보는데 아버지의 두 눈에서 눈물이 흐르고 있는 것이 보였다. 나의 철없는 행동을 아버지는 그렇게 소리 없는 눈물로 받아내고 계셨다. 그 후 일주일 내내 아버지는 식사도 제대로 못하고 울기만 하셨다고 훗날 어머니에게 들었다.

내가 아버지와 한 지붕 아래 산 햇수는 고작 17년밖에 되지 않는다. 유난히 바이올린을 좋아했던 아버지는 내가 음악을 전공하고 싶어 하는 것을 알고 넉넉지 않은 살림에도 나를 파리로 유학을 보내셨다. 유학을 떠나던 날 아버지는 열일곱 살짜리 딸에게 이렇게 말씀하셨다.

"이제 헤어지면 함께 사는 날이 다시 오지 않겠지?"

그때는 이해가 안 됐지만 지금 생각해 보니 아버지 말씀이 맞았다. 공부를 마치고 한국으로 돌아와 바로 결혼을 했기 때문에 정말 아버지와 함께했던 추억은 열일곱 살에 딱 멈춰 있다. 나는 아버지를 무척 많이 닮았다. 먹는 것, 자는 것, 좋아하는 것까지. 돌아가신 지 벌써 25년이나 되었는데 언뜻 아버지를 닮은 사람만 봐도 아버지가 생각이 더 난다. '그때 그렇게 아버지 가슴을 아프게 하지 말 것을!' 하는 후회와 함께.

이런저런 대화를 나누는 사이 어느덧 저녁 6시가 되었다. 오기로 한 손님들이 하나둘 모이기 시작했고, 혈액 암 말기 투병중인 주인공이 가족과 함께 들어왔다. 아들은 급히 주방으로 숨었다. 아버지를 위한 깜짝 이벤트를 진행해야 했기 때문이다. 주인공은 자리에 앉자마자 아내와 딸에게 아들이 아직 안 왔느냐고 걱정스레 물었다. 사실 가족 중 아무도 아들이 먼저 와 요리를 준비한다는 사실을 몰랐다. 나도 시치미를 뚝 떼고 물을 갖다드리면서 "오시느라 수고하셨어요! 몇 시간 앉아 계셔야 할 텐데 피곤하면 말씀하세요!"라고 인사를 건넸다.

드디어 식사 시간, 가족들은 아직 나타나지 않는 아들에게 전화를 걸어보라는 둥 여간 걱정이 아니었다. 그때 요리사 복장을 한 늠름한 청년이 요리 접시를 들고 테이블에 나타났다. 아버지는 처음에는 요리사려니 하다가 귀에 익은 음성에 화들짝 놀라며 요리사 차림의 아들을 올려다보았다.

"맛있게 드세요, 아버지!"

"어? 누구야! 내 아들이잖아! 허허허."

아들의 모습을 보고 얼마나 놀라시던지…… 아버지의 표정에 뭔지 모를 흡족함이 스치는 듯하더니, 이내 눈에 눈물이 그렁그렁 맺혔다.

식탁은 금세 이야기꽃으로 풍성해졌다. 아들은 아버지를 위해 종일 요리 배운 이야기를 하고, 귀를 쫑긋 세우고 듣던 가족들 입에서는 연신 감탄사가 터져 나왔다. 그냥 찾아온 다른 손님들도 '사랑의 테이블' 이벤트에 마음이 뭉클한 듯 다들 주인공과 가족들에게 다정한 미소를 건넸다. 식사 후 공연이 시작되었다.

"안녕하세요? 세상에 존재하는 아름다운 사랑들을 동화 속 이야기와 함께 음미해 보는 '사랑의 테이블' 시간입니다. '사랑의 테이블'은 잊어버린 사랑을 우리 삶 속에서 다시 찾아보려는 의도로 꾸민 식탁입니다. 오늘은 아주 특별한 분과 그 가족을 모셨습니다. 혈액 암 말기로 이미 사망 선고가 내려진 상태이지만 '아버지'라는 이름으로 가족을 위해 최선을 다하고 계신 분입니다. 오늘 아버지를 위해 사랑을 담은 요리를 마련한 아들과 여기 오신 모든 분들이 '사랑의 테이블'과 함께 행복한 추억 하나 만드시길 바랍니다."

뒤이어 나는 음악회의 레퍼토리를 소개하면서 참석한 손님들에게 질문 하나를 던졌다. "여러분의 어릴 적 꿈과 지금의 모습은 얼마나 비슷한가요?" 나의 어릴 적 꿈 이야기도 했다. 조금 엉뚱하게 들리겠지만 나는 어린 시절 나중에 커서 첩보원이 되는 상상을 하면서 그 꿈을 이루기 위해 달리기, 높이뛰기, 수영 등의 운동을 익히기도 했다.

한번은 대문이 열려 있는데도 쓰레기통을 밟고 담을 훌쩍 넘어 마당에 들어갔는데 엄마가 깜짝 놀라 소리를 지른 적도 있었다. 동네에

서 극성스럽다고 소문이 나 아이들이 밥 때가 되어도 들어오지 않으면 아줌마들은 나를 먼저 찾았다. 그 시간 나는 산 속에서 동네 꼬마들을 데리고 다니면서 시간 가는 줄 모르고 전쟁놀이를 했다. 그 자리에 모인 사람들도 내 이야기에 웃으면서 잠시 각자의 어릴 적 꿈을 추억했다.

"오늘 들려드릴 동화는 〈브레멘 음악대〉입니다. 이 동화에는 네 마리의 다른 동물이 나옵니다. 개성은 다 다르지만 이들에게는 공통점이 하나 있어요. '브레멘 음악대'에 들어가기 위해 자신들이 몸담고 일하던 곳을 떠났다는. 이들은 꿈을 찾아서 행복한 방랑을 시작합니다. 그럼 이들 동물들의 방랑길을 함께 따라가 볼까요?"

첫 곡으로는 아프리카로 떠난 선교사가 피리 하나로 원주민과 마음이 통하게 되는, 영화 〈미션〉의 주제곡 〈가브리엘의 오보에〉를 연주했다. 살아서 사랑의 마음을 주고받을 수 있음에 감사하는 축제가 그렇게 시작되었다.

연주가 끝나고, 오랜 세월 주인을 위해 열심히 일했지만 늙었다는 이유로 내다팔려 하자 그동안 잊고 살았던 음악가의 꿈을 실현하기로 작정하고 길을 떠난 당나귀의 이야기가 이어졌다. 꿈을 향해 달려가던 당나귀는 길에서 비슷한 처지의 사냥개와 고양이, 수탉을 만나며 함께 동행이 되어 브레멘으로 향한다. 우리도 꿈을 향해 가다 보면 어느덧 뜻을 함께하는 동행을 만나게 마련이듯 말이다.

꿈을 향해 신나게 달려가는 네 마리 동물들의 발걸음을, 이번에는 바이올린 연주자가 정열적이고 아름다운 리베르 탱고 리듬으로 묘사한다. 사람들은 리듬에 맞춰 흥겨운 박수를 치며 호응을 했다. 이어서 소프라노 가수가 수탉의 이야기를 〈어머나〉라는 노래의 곡조에 가사만 바꿔서 부르고, 마지막에 수탉이 놀라서 악을 쓰는 '꼬끼오~!' 소리를 처절한 목청에 담아 부르니 카페 안은 한바탕 웃음 도가니가 된다.

"꿈을 찾아 떠난 방랑의 길에서 의기투합한 그들은 각자 가지고 있는 재주로 스스로 브레멘 음악대를 만듭니다. 주인에게 버림받아 떠났던 그들이 이렇게 힘을 모아 자신들의 꿈을 이루어나가는 거지요."

'사랑의 테이블'이 끝나갈 무렵, 동화 속의 브레멘 음악대처럼 그날의 주인공 가족과 자리에 함께한 모든 사람들이 동행이 되어 아픔을 위로하고 서로 힘을 북돋는 관계가 되길 바라는 마음으로 〈동행〉이라는 노래를 불렀다. 사실 이 곡은 특별히 아버지가 좋아하는 노래라고 아들한테 미리 듣고 동화 내용에 어울리게 집어넣은 것이었다.

아버지는 뜻밖에 좋아하는 노래가 들려오자 눈을 감고 노래를 음미하는 듯했다. 그러더니 눈을 감은 채 노래를 따라 부르기 시작했다. 가족들도 모두 아버지를 따라 함께 노래했다. 그날 우연히 이 자리에 왔던 손님들도 '사랑의 테이블' 주인공과 마음으로 이어져 한 목소리로 노래를 따라했다. 음악이 지닌 놀라운 공감의 힘 덕분이었으리라. 나는 이것이야말로 모두를 위로할 수 있는 호스피스 음악이라는 생각이 들었다.

앙코르로 우리는 〈우리의 사랑이 필요한 거죠〉라는 노래를 다 같이 불렀다. 그러고는 부디 그분이 마지막까지 잘 견뎌내길 바라는 마음으로 누가 먼저라 할 것 없이 한 사람 한 사람 일어나 자연스럽게 주인공과 포옹하며 인사를 나누었다. 늘 아버지의 자리를 지켜준 데 대한 경의와 감사의 의미를 담은 인사였으리라. 그리고 우리도 언젠가는 맞이할 죽음 앞에서 그분처럼 당당히 설 수 있기를 바랐다. 그날 그분과 함께했던 '사랑의 테이블'은 꿈이 아닌 현재를 살아가는 우리의 인생길을 다시금 되돌아보도록 해준 자리이기도 했다. 나 역시 그 순간 호스피스 음악가로 또 호스피스 요리사로 살면서 위로와 용기가 필요한 이들과 무언가 나눌 수 있다는 사실에 깊이 감사를 드렸다.

며칠 뒤 그분께 안부 전화를 드렸다. 마침 그분이 전화를 받았다.

"딸아이가 아픈 나를 위해 직장까지 옮겼답니다. 매일 아침 출근하는 딸에게 제가 가장 잘할 수 있는 게 아침밥을 차려주는 거예요. 밥을 차려주면 이 아인 그저 맛있게 잘 먹어주죠…… 그것만으로도 나는 행복합니다."

딸을 향한 아버지의 사랑이 잔잔히 전해져 왔다. 죽기 전까지 가족을 위해 뭔가라도 하고 싶어하는 그분의 마음이 읽혀졌다. 어쩌면 그분에게는 가족에 대한 사랑보다 더 큰 꿈은 없는 것처럼 보였다. 행복이란 혼자 살아가면서 느낄 수 있는 것이 아니라 누군가와 함께할 때 경험할 수 있다는 가르침을 내게 주는 듯했다. 마지막 죽음의 문턱에서조차 아버지의 자리를 잊지 않고 가족을 아끼고 배려하고 또 사랑할 수 있다는 사실에 감사하는 모습이 아름다웠다.

그로부터 2년이 지난 어느 날 그분은 지금도 꿋꿋하게 잘 지내신다는 반가운 소식을 전해왔다. 가족과 나누는 커다란 사랑의 힘이 그분에게 생명력을 더욱 강하게 불어넣어 주는 것만 같다.

12년 만에 만나는 몽골인 부녀를 위한 밥상

엄마의 고기만두 레시피를 알고 싶어 전화를 했다.

"글쎄다, 고기만두를 만들어본 지가 하도 오래돼서……"

내가 어렸을 때는 간식거리가 흔치 않아서 엄마가 뭔가를 만들어주기만을 기다리곤 했다. 학교에서 돌아왔을 때 엄마가 만들어놓은 간식거리가 있으면 그날은 날아갈 듯이 기분이 좋았다. 엄마는 종종 먹을거리를 만들어 방 안 아랫목에 따뜻하게 넣어두곤 하셨다.

아랫목의 담요를 들추면 딸기잼을 바른 식빵이나 고기만두, 빈대떡, 부침개 등 간식거리가 푸짐하게 놓여 있었다. 가끔은 밥주발에 김 부스러기 주먹밥을 만들어 담아놓기도 하셨는데, 그때 그 맛이 어찌 그리 좋던지!

엄마와 전화로 한참동안 수다를 떨었다.

"그때는 식빵이며 만두며 니들이 좀 잘 먹었니? 요즘같이 간식거리가 흔치 않았지만 니들 해 먹이는 재미로 힘든 줄 몰랐지. 지금은 너희가 바빠서 엄마가 해줘도 먹으러 올 시간이나 있겠냐?"

부모는 늘 자식의 입장에서 이해하려 한다.

"엄마! 고기만두 어떻게 했는지 기억해 봐. 빵 반죽은 뭐로 했어?"

"그야 막걸리가 최고지. 막걸리로 해야 술내도 나면서 시큼한 게 맛이 제대로 나거든."

"그럼 밀가루에 막걸리를 얼마나 넣었어?"

"글쎄…… 근데 왜? 니가 뭘 한다고 그래. 고기만두 먹고 싶으면 엄마가 해줄게. 내일 올래?"

나는 엄마의 말에 잠시 멈칫했다. 자식이 바쁘게 사니 오라 가라 하면 불편해 할까봐 엄마는 항상 조심스레 다녀가라고 말씀하신다. 엄마는 음악가로 화려하게 살아온 딸이 기껏 요리사가 되었다고 내심 속상해하셨다. 그래서 내가 운영하던 카페에는 잘 오지 않으셨다. 그런 엄마의 마음을 알기에 어떤 일로 내가 고기만두 요리를 하고 싶어하는지 털어놓기가 어려웠다.

"응, 엄마가 해준 고기만두를 나도 해보고 싶어서 그래."

엄마의 마음에는 막내딸이 평생 어리게만 보이는가 보다. 직접 해

보고 싶다는 말에 엄마는 기특하다는 듯 웃었다.

"밀가루에 소금으로 간을 하고 막걸리를 넣으면서 반죽 상태를 봐야 하는데, 난 계량하지 않고 했으니…… 대충 막걸리가 밀가루 양의 반 정도는 될 거야. 참! 막걸리에 설탕을 넣으면 발효가 잘 돼. 반죽이 되다 싶으면 따뜻한 물 조금 더 넣고. 그리고 뜨뜻한 곳에 놔두면 두 배로 부풀어. 다음엔 반죽을 치대서 공기를 빼고. 그 다음에 반죽을 밀대로 동그랗게 밀어. 그러곤 손에 올려놓고 고기 속을 넣으면 돼. 속을 넣고 마무리하기가 쉽지 않을 게다. 다 만들면 찜통에 소창을 깔고 찌면 되지. 뭐니 뭐니 해도 고기만두는 속을 가득 넣어야 맛있어."

오로지 자식 키우는 재미로 평생을 살아오신 엄마. 엄마는 지금도 "자식은 평생 애프터서비스야" 하시며 자식한테 무슨 일이라도 생겼다 싶으면 마음을 놓지 못하신다. 언젠가 엄마가 돌아가시고 나면 고기만두 생각난다고 전화도 할 수 없겠지.

정확한 레시피를 더 이상 여쭤볼 필요가 없었다. 발효란 온도와 습도에 따라 민감하게 변화를 일으킨다는 것을 알기에 엄마가 대충 알려준 방법으로 내가 요리할 장소의 조건에 맞게 준비해 보기로 했다.

한국에 온 지 12년 만에 딸을 만나는 몽골 노동자, 그들 부녀를 위한 식사를 준비하면서 나는 그들이 만두를 좋아한다는 것을 알게 되었고, 어릴 적 엄마가 해주신 고기만두가 생각이 났다. 내 외가는 황해도 해주여서 나는 어릴 적부터 이북 음식에 입맛이 길들어 있었다. 빈대떡과 돼지수육이 밥상에 자주 올라왔고, 겨울이 되면 뜨거운 밥을 김칫국물에 말아먹기도 했다. 추억 속의 맛은 음식 그 자체의 맛이라기보다 어린 시절 엄마와 함께한 기억들에 대한 그리움인지도 모른다.

엄마가 알려준 요리법을 가지고 몽골인 부녀를 위해 요리를 준비하기 시작했다. 어릴 적 먹던 고기만두 이야기를 하면서 엄마와의 추억이 고스란히 되살아났던 것처럼, 12년 만에 만나는 부녀도 내가 차려주는 만두를 먹으며 과거의 추억을 더욱 풍성히 길어내길 바랐다. 몽골에서 먹던 맛과는 다르겠지만 내 어릴 적 추억이 있는 고기만두 이야기를 함께 나누며 행복을 더해주고 싶었다.

가족의 생계를 위해 한국에 들어와 일하고 있는 아버지는 비싼 방값을 아끼려고 지금까지 노숙자 생활을 하며 막노동을 해왔다. 그러나 딸은 12년 만에 만나는 아버지가 그렇게 살고 있는 것을 모르고 있었다. 그동안 몽골에 보내온 생계비로 딸이 대학 진학도 하고 가족들의 생활도 많이 나아졌지만, 노숙자로 지낸 세월 동안 아버지의 삶은 말이 아니었다.

그 무렵은 내가 플루트 연주자로서의 삶을 완전히 접고 호스피스 봉사자로서 음악을 들려주고 요리를 하면서 살기 시작하던 때였다. 나의 이런 삶이 많은 이들에게 호기심을 불러일으켰는지 여러 방송에서 출연 제의를 받았다. 그 중 한 방송에 출연하면서 방송 작가를 만나게 되었다. 작가의 남편은 외국 이주 노동자들의 삶을 돕는 목사였다. 몽골에 있는 딸이 한국에 올 수 있었던 것도 그 목사님이 자비自費로 모든 경비를 마련해 주어서 가능한 일이었다.

작가로부터 몽골인 부녀의 안타까운 상봉 소식을 들었을 때, 나는 외국인 노동자들을 돕는 목사님의 손길에 뭔가 보탬이 되고 싶어서 흔쾌히 이들을 위한 밥상을 차리기로 약속했다. 이 가족을 알고 있는

다른 몽골인들과 목사님 가족, 그리고 몽골과 인연을 맺고 있는 지인들도 함께 초대했다.

유목민 전통이 깊은 몽골인의 밥상은 어떨까? 인터넷으로 뒤져서 몽골인들이 갈 만한 카페를 찾아보았다. 별다른 것은 없었지만 추운 지역이기 때문에 기름진 음식을 즐겨 먹는다고 했다. 나는 양고기를 허브기름에 절여서 구워내기로 했다. 그리고 수프 대신 따뜻한 버터차(몽골에 다녀온 지인이 이 날 요리에 쓰라고 가져다주었다), 야채와 해산물을 넣은 볶음밥, 새우를 넣은 쌀국수 샐러드, 거기에 고기찐만두와 초간장(엄마는 만두를 먹을 때 꼭 집간장에 식초를 넣어 찍어 먹으라고 당부했다)과 백김치를 곁들이기로 했다.

음식이 거의 차려질 무렵 손님들이 들어오기 시작했다. 12년 만에 만나는 딸과 아버지는 복잡한 지하철 인파 속에서도 서로를 금방 알아보았다고 했다. 가족이란 그런 것인가 보다. 아버지는 말없이 딸에게 걸어가 부둥켜안은 채 한없이 울기만 했다고 했다. 딸도 양팔로 아버지를 꼭 끌어안고 서로의 지나온 시간을 울음으로 토해내었다.

딸은 몽골에서 법대에 다니고 있었고 결혼도 해서 아이를 둔 엄마가 되어 있었다. 그렇게 많은 변화가 있을 때까지 얼굴 한 번 볼 수 없었으니 이 가족에게는 12년이 참으로 잔인한 세월이었으리라. 딸을 키우고 가족을 먹여 살리기 위해 노숙자의 삶을 선택할 수밖에 없었던 아버지였지만 그날만큼은 한껏 멋을 냈다. 딸에게 누추한 모습을 보이기 싫었을 것이다. 딸과 아버지는 카페에 들어와서도 내내 붙잡은 손을 놓지 못했다. 그 모습은 마치 오랜 세월을 그리움과 기다림으로 살아온 사람들이 재차삼차 그 만남을 실감하고 싶어하는 마음의 표현

같았다.

아버지는 더없이 반갑고 벅찬 마음에 식사도 잊고 딸이 먹는 모습만 바라보고 있었다. 식사가 끝나갈 무렵 나는 이들을 위한 음악회를 시작했다. 그날의 식사는 모두에게 축제였다. 딸은 그 자리에 온 손님들을 향해 인사를 하고 아버지 앞으로 써온 편지를 낭송했다.

"항상 그리웠던 아버지께. 몽골에서의 가난한 생활 때문에 아홉 살 때 헤어질 수밖에 없었던 아버지를 만나면 무엇을 어떻게 얘기하나 고민을 했습니다. 그러나 아버지를 12년 만에 만난다는 벅찬 감정이 먼저 앞서는 것 같습니다. 그렇게 지켜주셨던 사랑으로 이제 저는 한 아이의 엄마가 되었습니다. 아이를 낳아 키워보니 아버지의 사랑을 뭐라고 다 표현할 수 없다는 걸 알았습니다. 아버지가 계심에도 우리 가족이 서로 떨어져서 살아야 한다는 것이 너무나 힘들었습니다. 한때는 아버지에 대해 오해도 했습니다. 가족에 대한 책임으로 열심히 살아온 아버지의 모습에, 저도 이제 아이 엄마가 되어 아버지를 닮아가고 있습니다. 나의 아버지! 이렇게 오늘은 옆에서 부를 수 있게 되었죠! 사랑합니다. 그리고 감사드립니다."

딸은 아버지가 그동안 집도 없이 교회의 계단 밑 작은 공간에서 지내왔다는 말을 듣고는 펑펑 울었다. 하염없이 눈물을 흘리는 가운데 딸은 아버지의 주름진 손과 얼굴을 찬찬히 쓰다듬기 시작했다. 딸의 손을 잡으며 아버지가 애써 웃음 띤 목소리로 말했다.

"얘야, 울지 마라. 그건 아버지한테는 행복이었어. 이렇게 네가 잘

켰으니 이젠 행복이었다고 말할 수 있어."

통역해 주시는 분이 있었지만 우리는 굳이 통역이 없어도 서로의 눈빛만 보고 모든 걸 이해할 수 있었다. 딸은 이제 아버지가 고생은 그만하고 몽골로 돌아오기를 바랐다. 딸을 만난 아버지는 밥 한 끼라도 직접 지어주고 싶지만 여건이 되지 않아서 안타까웠다고 했다. 그날의 식사가 그들에게 평생 잊지 못할 밥상이 될 것이라고 하니, 그들을 위해 밥을 지은 나에게도 평생 잊지 못할 추억이 될 것 같았다.

그 후 몇 개월 뒤 아버지는 몽골로 돌아가 가족과 함께 살게 되었다. 어느 후원자가 딸의 대학 등록금과 졸업 후 직장까지 약속을 했다. 딸은 앞으로 몽골에서 법관이 되어 어려운 사람들을 도우며 살 거라고 했다. 지금 아버지는 몽골에서 한국에 일하러 가는 노동자들을 위해 상담사로 일하고 있다.

내가 무대에서 연주하는 음악가로서만 살았다면 그들을 만날 수도 없었을 것이고, 그들에게 따뜻한 밥 한 끼 선물하는 사람이 될 수도 없었을 것이다. 내가 가진 작은 것이라도 그들과 나눌 수 있다는 사실이 감사하다. 또한 그들로부터 나는 또 얼마나 많은 것을 받고 있는가. 어떤 사람도 그저 받기만 하거나 주기만 하는 사람은 없다. 우리는 자신이 의식을 하든 못하든 서로 주고받으며 살아간다. 심지어 암에 걸려 병원 침대에 누워만 있는 것 같은 사람도 몸이 건강한 사람들에게 실로 큰 것을 나눠주고 있다. 바로 생명을 주고 있는 것이다.

작가 최인호는 자신이 암에 걸려 투병하는 중에 이런 사실을 절절히 깨닫고 이렇게 썼다. "우리들이 이 순간 행복하게 웃고 있는 것은 이 세상 어딘가에서 까닭 없이 울고 있는 사람의 눈물 때문입니다. 우리들이 건강한 것은 어딘가에서 까닭 없이 병을 앓고 있는 환자들 덕분입니다. 우리들이 배불리 먹을 수 있는 것은 어딘가에서 까닭 없이 굶주리는 사람들의 희생이 있기 때문인 것입니다."

나는 이 말이 한갓 문학적 수사가 아니라고 생각한다. 나 역시 호스피스 봉사를 하면서 수없이 경험하고 느꼈던 것이니까. 그들을 만나게 되면서 무대 위의 음악이 아니라 삶 속의 음악을 알게 되었고, 그들과 나누는 따뜻한 밥 한 끼가 얼마나 소중한지 깨닫게 되었으니 말이다.

이름이 다르고 모습이 다르고 국적이나 성별이 다르고 처한 상황이 다르다는 이유로 우리는 곧잘 서로를 구별하고 판단하고 심지어 차별하기도 하지만, 그것은 우리가 모두 하나로 연결되어 있다는 사실을 모르기 때문이다. 어떤 사람도 혼자서는 살아가지 못한다. 음으로 양으로 모두는 서로에게 의존해서 살아간다. 모두는 그렇게 서로를 살리는 존재들이다.

아무것도 보이지 않는 게 제일 두려워요

열두 번째 이야기

어느 고요한 일요일, 호스피스 병동에 난데없이 욕설 소리가 들리면서 한바탕 소동이 일어났다.

"나 죽으면 니년이 내가 번 돈 다 가져가려고 하는 거지? 왜? 여기는 왜 왔어? 내가 죽었는지 확인하러 왔어? 너도 죽어봐!"

잔뜩 화가 난 목소리가 복도에 쩌렁쩌렁 울려 퍼졌다. 중년의 아주머니가 그 방 앞 복도에서 눈물을 닦고 있는 것으로 보아 목소리의 주인공과 관계된 분인 듯했다. 간혹 살날이 얼마 남지 않았다는 것에 대한 분노나 미련 때문에 환자가 본심과 다른 행동을 할 때가 있다. 그런 분이려니 하고, 조금 시간이 지나기를 기다려 조심스레 닫힌 방 문을 노크했다. 아직 화가 덜 풀렸더라도 부드러운 음악을 들려주면 마음이 좀 누그러지지 않을까 싶어서였다.

"누구요?"

"음악 봉사자입니다. 안녕하세요?"

짐짓 태연한 척하면서 내 소개를 했다.

"그런데요?"

그분은 내가 더 이상 말을 잇지 못하게 막으려는 듯 무뚝뚝한 목소리로 잘라 말했다. 잠시 당황한 모습으로 서 있자 그분이 다시 말했다.

"나가요! 난 다 필요 없으니까. 문 닫고 나가주세요."

나를 쳐다보지도 않고 속사포처럼 말을 쏟아냈다. 분위기가 일순 썰렁해졌다. 봉사자로서 인내심을 발휘하기가 힘들어지는 순간이었다. 가끔 이런 분을 만나면 내가 하는 일에 회의가 느껴졌다. '이렇게 성질이 고약한 사람에게 아름다운 음악 봉사라니! 이럴 시간에 내 가족과 함께 보내는 게 낫지, 내가 여기서 이런 사람과 뭘 하겠다는 거지? 왜 이런 말을 들으며 꼭 이런 봉사를 해야 하나? 저런 인간은 음악을 들을 자격도 없어!' 속으로 그렇게 울분을 터뜨린다. 하지만 용케도 봉사란 나를 위한 것이지 상대를 위한 게 아니라는 생각을 해낼 때면 이내 마음을 추스를 수 있었다.

오십대 중반의 그분은 안암 말기 환자로, 눈 속에 암이 생겨 두 눈의 시력을 모두 잃고, 이제 다른 데까지 암이 퍼져서 더 이상 치료가 불가능한 상황이었다. 그러나 병의 상태보다도 그분의 개인적인 이야기를 전해 듣고 나서는 그분에 대해 애틋한 연민이 들었다.

젊은 시절부터 갖은 고생을 하며 악착같이 장사를 해 돈을 벌었고, 나중에는 빌딩을 몇 개씩 소유할 만큼 부를 쌓았다고 했다. 하지만 남편과 아버지로서는 아주 인색한 사람이라고 했다. 그렇게 모질게 살아왔는데 인생무상이라고 해야 하나, 더 큰 돈을 벌 욕심으로 주식에 투자를 했는데 모두 날리고 이제 병까지 얻은 것이다. 그분의 병은 날려버린 돈만큼이나 인생을 비참하게 만들었다. 더 이상 손쓸 수 없을 정도로 병이 깊어지자 그분은 호스피스 센터만이 자신과 남은 재산을 안전하게 지킬 수 있을 것이라 생각하고 스스로 이곳을 택해서 들어왔다. 그 후로는 세상은 물론 가족하고도 완전히 담을 쌓았다.

나는 그 다음 주 호스피스 센터에 갈 때 꼭 그분과 이야기를 나누어보리라 마음을 먹었다. "안녕하세요? 지난번에 인사드렸던 음악 봉사자예요. 한 주일 동안 잘 지내셨죠?" 병실 문을 열면서 나는 짐짓 명랑한 목소리로 그렇게 인사를 했다. 그분은 문 쪽으로 얼굴을 돌리며 무척 놀라는 목소리로 "누구요?" 하고 물었다.

자기 쪽으로 내 목소리가 다가오는 걸 느껴서인지 그분은 민감한 반응을 보이더니, 갑자기 손목에 차고 있는 시계를 꽉 쥐었다. 그분이 작은 소리에도 놀라는 것은 엄청난 고가의 시계를 도둑맞을까봐 걱정해서라는 걸 간호사들한테 들어서 이미 알고 있었다. 나는 그분이 나에게도 그런 민감한 반응을 보일지 모른다는 생각에 마음의 준비를 하고 있었다. 나와 인사를 나누면서도 그분은 계속 시계에 신경을 쓰고 있었다.

"걱정하지 마세요. 차고 계신 시계는 잘 있어요."

시계는 창문 넘어 들어오는 햇빛에 반사되어 아름다운 금빛을 반짝이고 있었다.

"지난주에 아내 분을 잠시 뵈었는데 오늘은 안 오세요?"

시계에서 마음을 내려놓을 수 있도록 다른 얘기를 꺼냈다.

"쳇! 나만 보면 돈 얘기나 하는 것들이 무슨 아내고 가족이야?"

그분의 얼굴과 손마디에서 열심히 살아온 세월이 보였다. 그분이 고가의 손목시계를 지키려 애쓰는 것은 어쩌면 자신이 힘들게 살아온 시간을 지키고 싶은 마음의 다른 표현인지도 모르겠다는 생각이 들었다. 잔뜩 긴장하고 있는 그분이 안쓰럽고 어떻게든 마음을 풀어주고 싶었다.

"손에 차고 있는 시계를 가져갈 사람은 이곳에 아무도 없어요. 왜냐하면 여기 있는 분들은 인생의 마지막 순간에 진정으로 마음 쏟아야 할 게 무엇인지 아니까요."

정말 그랬다. 생을 마감하는 이들은 손에 잡히는 것들, 눈에 보이는 것들을 내려놓고 그 대신 보이지 않는 영원한 것을 잡고 떠난다.

"지금 마음에 뭔가 두려운 게 있나요? 그런 게 있다면 잠시 내려놓으시면 안 될까요? 음악을 듣다 보면 어쩌면 마음이 좀 편안해질 수 있을 거예요."

방금 전까지 신경질적이던 목소리와는 달리 그가 조금은 다소곳해진 목소리로 말했다.

"아무것도 보이지 않는다는 게 제일 두려워요. 모든 게 캄캄해요."

언젠가 길을 걷다가 건널목에서 지팡이 하나에 의지해 도로를 건너던 시각 장애인이 떠올랐다. 그 사람은 차가 어느 쪽에서 달려들지 몰라 신경을 곤두세운 채 툭툭 지팡이를 두드리며 도로로 내려서고 있었다. 그때 한 청년이 자신의 어깨를 잡으라며 손을 잡아 어깨에 걸쳐 주면서 함께 길을 건너는 모습이 보였다.

'아무것도 보이지 않을 때의 두려움이라는 것이 바로 그런 것이겠지! 차가 언제 튀어나와 나를 덮칠지 모른다는 상상 속의 두려움……'

나는 그 청년처럼 어깨를 내드리지는 못하지만, 마음으로 영원히 볼 수 있는 것을 음악을 통해 들려드리고 싶었다. 음악의 선율은 괴팍한 마음도 누그러뜨리는 힘이 있다는 것을 잘 알기 때문이다.

"바람이 차서 그러는데 창문 좀 닫아주세요."

나는 갑자기 그분이 눈으로 보이지 않는 바람이지만 온몸으로 느끼고 있다는 사실을 깨닫고 이렇게 말했다.

"가을로 접어드니까 찬바람이 느껴지네요. 그런데 그게 찬바람인지 어떻게 아셨어요? 볼 수 없는 바람이지만 느낌으로는 알 수 있죠? 이제부터 더 많은 것을 느낌으로 알아보시면 어때요? 마음의 눈으로 많은 것을 보게 되면, 아무것도 보지 못해 느끼는 두려움도 가실 테고요. 마음의 눈이 열리면 더 이상 어둠도 사라지겠죠?"

그러나 마음의 문을 꽁꽁 닫은 채 세상과 단절하고 지내던 그분은 얼마 지나지 않아 건강이 악화되어 더 이상 대화하기가 불가능해졌다. 나는 그분의 아내를 한 번 더 만날 수 있었다. 이제는 그나마 욕도 할 수 없게 된 남편을 바라보며 하염없이 눈물을 흘리고 있었다.

이 부부에게 사랑이란 어떤 것이었을까? 삶이 힘들어지거나 몸이 아프게 되면 가장 가까운 사람에게 먼저 짜증을 부리고 섭섭해 하고 화를 내며 울기도 한다. 누구보다 자기 마음을 가장 잘 알아주고 챙겨주리라 믿은 사람이기에, 조금만 기대 밖의 행동을 해도 서운하고 심지어는 배신감마저 느끼는 것이다. 어쩌면 우리 모두는 사랑해서 인연을 맺었지만 또 그 사랑 때문에 미워하고 돌아서기도 하는 것 같다. 그런 광경을 보게 될 때면 그것이 과연 진정한 사랑이었는지 혹은 자기만의 기대이자 욕심이었는지 궁금해진다.

그렇게 죽어가는 남편을 보며 아내는 무슨 생각을 했을까? 마지막 순간까지도 자신에게 원망만 퍼부어대는 남편, 그를 위해 살아온 아내의 세월……

아마도 그 즈음이었을 것이다. 가치 있고 의미 있는 삶을 살려면 어떻게 살아야 하는지 한참 고민하고 방향을 찾던 때가. 그 부부를 보면서 나는 호스피스 음악가, 호스피스 요리사로서 해야 할 일의 의미를 한 번 더 깊이 새기게 되었다.

내가 지향하는 호스피스 요리는 단지 병이 낫는 데 도움을 주는 건강 요리가 아니었다. 죽음이 바로 코앞에 와 있는 이들이 살아있는 동안 세상에서 맺은 인연들을 잘 정리할 수 있도록 도와드리는 일 역시 호스피스 요리사가 해야 할 일이라는 생각이 들었다. 그 후 카페를 열고 시작한 '삶의 마지막 축제'는 그런 생각에서 나온 내 나름의 결론이었다. 그런 생각을 하게 된 건 아마도 오랫동안 호스피스 봉사자로서 다양한 사람들의 마지막 삶의 모습을 보았기 때문이리라.

나는 이 부부 사이를 가로막고 있는 '돈'이라는 벽, 그리고 그로 인해 생긴 불신의 벽을 깨뜨리고 싶었다. 어떻게 해야 사랑하는 사람들이 서로 간의 불신을 풀고 처음의 그 사랑을 회복할 수 있을까? 내가 생각한 것은 마음을 열고 진실하게 소통하는 것이었다. '삶의 마지막 축제'는 단지 음식만을 나누는 자리가 아니라 마음을 나누는 자리이기도 했다. 어쩌면 음식보다 더 솔직하고 친근하게 마음을 나눌 수 있게 하는 것도 없지 싶다. 이런 경우는 굳이 '삶의 마지막 축제'라는 형식을 띠지 않더라도 일상에서 가족이나 친구들 사이에 많이 경험하는 일이기도 하지 않던가.

서로 사랑했던 젊은 날, 아내가 무슨 음식을 차려내도 맛있게 먹었을 남편. 이제 생의 마지막을 앞에 둔 남편을 위해 아내가 온 가족이 함께할 밥상을 차린다. 호스피스 요리사는 아내가 혹은 다른 가족이 그런 사랑이 담긴 밥상을, 그러면서도 환자의 몸에 좋은 재료들로 차릴 수 있도록 도와준다. 호스피스 요리사와 함께 차린 밥상에 앉아 온 가족은 그동안 일방적인 기대나 오해로 생긴 일들을 남김없이 풀며 화해와 용서의 시간을 갖는다…… 내가 생각하는 '삶의 마지막 축제' 모습이다.

끝끝내 화해하지 못하고 영영 이별을 한 이 부부를 보면서 나는 가족들이 서로 마음속 이야기들을 털어놓고 화해할 수 있도록 소통의 밥상을 차려주는 일이야말로 내가 꼭 해야 할 일이라는 생각을 굳혔다.

그분이 생의 마지막에 잡아야 했던 것은 금시계가 아니라 그동안 힘든 세월을 같이 살아온 아내의 손이었다. 삶의 마지막 축제의 자리에서 또 호스피스 병실에서 나는 그저 살며시 손을 잡아주는 아주 작은 몸짓 하나만으로도 닫혀 있던 마음의 문이 열리는 것을 많이 보았다. 진실을 보이면 소통이 되었다.

그가 마지막 순간까지 두려움을 버리지 못한 것은 자신의 육체가 죽어가는데도 아무것도 볼 수 없다는 사실 때문이었다. 만약 눈으로 보려는 대신 마음으로 느끼려 했다면 어땠을까? 두려움과 분노보다는 자유와 평안을 마음의 눈으로 볼 수 있지 않았을까? 끝없는 욕심, 죽어가면서도 훌훌 놓지 못하고 무엇인가를 부여잡고 있어야만 안심할 수 있는…… 그런 그분의 마지막을 보면서, 죽는 순간까지 최선을 다해 지키고 싶은 것이 진정 무엇인가를 다시 생각해 보았다. 적어도 나는 그렇게 생을 마감하고 싶지는 않았다.

숲으로 들어와 살면서 나의 감각들이 조금씩 되살아나는 것을 느낀다. 주변의 나무나 돌, 작은 동물이나 벌레들은 물론 소리, 기온이나 습기 같은 눈에 보이지 않는 것들도 훨씬 또렷이 느끼고 알아차릴 수 있게 되었다. 또한 보고, 느끼고, 맛보고, 냄새 맡고, 만져보는 행위들 하나하나에서 전에는 느끼지 못하던 감사함도 느낄 수 있게 되었다.

하루가 다르게 펼쳐지는 하늘에서는 갖가지 형태의 구름들이 어울려 마치 소리 없는 교향악을 울리는 듯하다. 시간에 쫓겨 살 때는 볼 수 없고 들을 수 없고 느낄 수 없던 것들을 이곳에 들어온 뒤로는 마음껏 보고 듣고 느낄 수 있다. 내 삶은 그만큼 풍요로워졌고, 경험은 깊어졌다. 돈과 시간에 쫓겨 살 때는 미처 상상할 수 없었던 즐거움이 주변에는 뜻밖에도 참 많았다.

3
삶의 마지막 축제를 위하여

호스피스 음악가에서 호스피스 요리사로

축제의 밥상을 준비하면서 암 환자들이 그 자리에서나마 편하게 먹을 수 있는 음식을 만들고 싶다는 바람은 갈수록 더 커갔다. 그리고 암 환자 역시 자신들의 몸을 위한 음식을 먹어보길 간절히 원했다. 그래서 나는 단지 축제를 위한 밥상을 차리는 일에서 한 걸음 더 나아가 몸이 아픈 이들에게 정말 필요한 음식, 이를테면 암 환자들이 특히 힘들어하는 소화에 대한 걱정 없이 맘 편히 먹을 수 있는 요리를 좀 더 깊이 연구하고 싶다는 열망을 품게 되었다.

대부분의 말기 암 환자들은 음식을 먹는 데 큰 어려움을 겪고 있다. 뭐라도 먹긴 먹어야 하는데 몸이 음식을 받아들일 수 있는 상황이 못 되기 때문이다. 어느 시점에 환자가 곡기를 받아들이기 어려워하면 그 다음에는 결국 '굶어죽게' 된다는 안타까운 사실을 나는 호스피스 봉사를 하면서 알게 되었다.

그런 사실을 직접 보고 알게 된 뒤로 지금까지 나는 어떻게 하면 말기 암 환자들이 좀 더 편하고 맛있게 음식을 먹을 수 있을까 하는 데 초점을 두고 그에 맞는 요리를 연구해 오고 있다. 비록 한 끼의 식사를 위한 것일망정 '삶의 마지막 축제'에 사용될 재료들도 환자들이 몸에서 원하는 것을 중심으로 마련하기 시작했다. 설령 내가 직접 차려드리는 것이 아니더라도 내가 연구한 요리가 누군가의 삶에서 마지막이 될지도 모르는 밥상을 차리는 데 도움이 되었으면 하는 마음도 생겼다.

호스피스 요리를 하고 싶다는 열망은 나로 하여금 20년 넘게 걸어온 플루트 연주자의 길을 미련 없이 접게 했다. 그렇지만 나는 지금까지 음악가이길 포기한 적이 없다. 음악은 지금도 사람들과, 특히 말기암으로 힘겨운 나날을 보내고 있는 사람들과 내가 가장 잘 어울리고 소통할 수 있는 도구이다. 단지 이제 더 이상 무대 위에서 연주하는 이와 듣는 이 사이에 마음의 교류 없이 마치 일을 치르듯이 하는 연주는 하지 않으리라 다짐을 했을 뿐이다.

그렇게 호스피스 음악가, 호스피스 요리사로 거듭나는 과정에서 내 이름 위에 붙는 '나'는, '플루티스트'에서 '요리사'로, 다시 '삶을 위한 예술가'로 달라져온 셈이다. 그러나 이렇게 이름은 변해 왔어도 지금껏 거쳐온 일들은 하나하나가 마치 그물코처럼 서로 뗄 수 없이 촘촘하게 엮여 있다.

호스피스 요리를 해야겠다는 결심을 하고 나서 맨 처음 세계의 웰빙 음식부터 찾아보았다. 건강을 위한 요리엔 어떤 것이 있는지 알고 싶어서였다. 제일 먼저 눈에 띈 것은 이탈리아 요리였는데, 내가 이탈리아 요리에 주목한 것은 재료의 맛과 향을 그대로 살려서 요리한다는 점 때문이었다. 신선한 재료로 맛과 향을 없애지 않고 요리하는 것, 이 원칙은 내가 추구하는 요리의 가치와도 통했다. 원래 나는 내 방식대로의 요리법으로 음식 만들기를 즐겼는데, 식재료 자체의 맛을 살려 요리하는 게 주특기였다. 그래서 바로 이탈리아 요리를 배우기로 마음먹고, 국내에서 이탈리아 요리를 제대로 가르치는 곳을 찾아서 호기심 많은 학생의 자세로 공부하기 시작했다.

이탈리아 요리 수업은 내 열정에 불을 붙였다. 요리 수업 과정을 마칠 즈음 기술적인 면들을 더 배우고 싶은 욕심이 들었다. 내친김에 우리나라에 분교가 있는 프랑스 요리 학교 '르 꼬르동 블루'에 들어갔다. 그곳에서의 요리 공부는 파리 유학 시절 먹던 다양한 음식들과 해외 공연을 갈 때면 맛보던 음식들이 실제로 어떻게 만들어졌는지를 배우고 익히는 귀한 경험이 되었다.

그때나 지금이나 내가 원하는 건 오직 하나, 어떻게 하면 말기 암 환자들에게 도움이 되는 음식을 만들 수 있을까 하는 것이다. 이탈리아 요리와 프랑스 요리를 공부하면서 나는 재료의 중요성을 더욱 실감하게 되었다. 그러나 한국에서 서양 요리를 할 때는 신선한 재료를 구하기가 쉽지 않아 대체로 수입한 냉동 식품과 가공 식품에 많이 의존해야 했다. 반드시 신선한 상태로 써야 할 재료조차 냉동 식품으로 쓸 수밖에 없었다. 그럴 때마다 나는 '우리 땅에서 나는 재료 가운데도 이보다 훌륭한 게 많이 있을 텐데 굳이 멀리서 수입해 온 냉동 식품을 고집할 필요가 있을까?' 하는 의문이 들었다.

서양 요리를 하더라도 우리 땅의 신선한 재료를 쓰는 게 낫겠다는 생각이 들었고, 그때부터 여기저기 좋은 재료들을 찾아다니기 시작했다. 그렇게 돌아다니다 보니 내 머릿속에 서서히 우리 땅에서 자생하는 재료들이 들어왔다. 그리고 마침내 나는 그러한 재료들이 자라는 산과 숲으로 들어가 직접 채취하고 맛보고 요리하는 것이 좋겠다는 생각을 하게 되었다. 이것이 지금 내가 깊은 숲 속에 들어와 치유를 위한 요리들을 연구하고 있는 이유이다.

열세 번째 이야기

암에 걸린 언니를 위한 첫 호스피스 요리

일기 예보가 날씨를 알려주듯이 우리 병을 미리 알려주는 건강 예보 같은 게 있다면 얼마나 좋을까 하는 생각이 들 때가 많다. 아무리 둔감한 사람도 이런 건강 예보가 있다면 병이 곧 들 거라는 걸 알고 조심할 테니 말이다. 사실 몸은 수시로 우리에게 신호를 보내고 있다. 우리가 경솔한 탓에 그것을 무시하는 일이 많고, 그러는 바람에 제때 치료할 시기를 놓쳐 병을 키우는 경우가 태반이다.

호스피스 센터에서 만난 많은 환자들도 "살면서 이러저러하게 병에 대한 예고가 있었지만 바쁘다며 무시하고 넘어갔더니 어느 날 말기 암 진단이 내려지더라"라는 식의 이야기들을 많이 했다. 이미 손쓸 수 없을 정도로 온몸에 전이된 암은 자신의 남은 인생은 물론 주변의 가족들까지도 육체적으로 정신적으로 피폐하게 만든다. 그제야 몸에 좋다는 약을 찾고 병과 싸워 이길 만한 환경을 만들어보지만 이미 늦었다는 병원의 진단은 환자를 절망으로 몰아넣는다.

먹는 것이 힘들어지면 이들은 육체적으로는 물론이고 정신적으로도 더욱 큰 고통을 겪고 이제 더 이상 삶에 대한 희망이 없다는 완전한 체념 상태에 빠지는 것을 보았고, 그래서 더욱 호스피스 요리에 관심을 갖게 되었다. 이런 상황에서 내가 이들에게 줄 수 있는 최선의 도움은 단 한 끼라도 먹는 즐거움을 맛볼 수 있도록 맛있고 속 편한 음식을 차려드리는 것, 그리고 할 수만 있다면 치유에도 효과가 있는 호스피스 요리를 개발하는 것이었다.

요리 학교를 졸업할 즈음, 나는 여러 가지 요리법을 놓고 이 중 어떤 것을 호스피스 요리로 활용할 것인지 확신하지 못해 혼란스러웠다. 고민 끝에 냉동 식품이나 가공 식품은 물론 냉장고에 보관해 온 음식 재료로는 더 이상 요리하지 않기로 하고 카페의 요리 방식을 새롭게 변화시켰다. 그래서 찾은 방법이 손님과 소통하는 요리, 즉 '프리바스켓'이었다.

프리바스켓이란 요리에 쓸 만한 재료들을 계절에 맞게 그때그때 신선하게 준비한 뒤 손님이 직접 고르도록 해서 요리하는 것이다. 콩나물, 마늘대, 부추, 산마늘, 곰취 같은 일반 채소는 물론이고 딸기, 사과, 백련초 열매 등등 농산물 시장에서 구할 수 있는 모든 것이 '프리바스켓' 안에 다 들어 있었다. 음악에서의 즉흥 연주처럼 손님들이 원하는 재료를 바구니에 담아오면 나는 머릿속에 즉흥적으로 떠오른 요리를 그들에게 설명해 준 뒤 요리를 했다. 나의 요리는 이탈리아 요리법에 근본을 두고 수입 가공 식품이나 냉동 식재료가 아닌 우리 땅에서 난 푸릇푸릇한 재료들로 즉석에서 신나게 만든 요리였다. 즉석 요리의 맛은 그때그때 모두 달랐다. 어떤 재료를 선택하는가에 따라 맛이 달라졌기 때문이다.

손님들이 식재료를 선뜻 고르지 못할 때는 바로 전 식사 때 뭘 먹었는지 묻고 그 음식과의 균형을 고려하여 "이런 재료로 이런 요리를 만들어 드시면 어떨까요?" 하고 제안하기도 했다. 이를테면 육류 위주의 식사를 했다면, 이제 야채 위주의 요리로 몸 안에 쌓인 독소를 배출해 주면 어떻겠느냐는 식이었다. 잠시 동안 내 몸을 돌아보고 몸이 원하는 음식을 먹자는 취지였다.

이런 프리바스켓은 요리사의 즉흥적인 감각과 빠른 솜씨, 그리고 손님과의 소통 노력 없이는 시도하기 어렵다. 더욱이 일반적인 레스토랑에서는 많은 손님에게 빠른 시간 안에 요리를 내드려야 하는 특성상 이런 시도 자체가 불가능할 것이다. 그러나 나는 일반 카페에서 하는 요리를 하려고 음악가에서 요리사가 된 것이 아니었다. 카페에 가면 쉽게 먹을 수 있는 요리를 굳이 나까지 나서서 할 이유도 없었다. 요리를 배우자는 생각 자체가 호스피스 봉사를 하면서 비롯된 것이었고, 막연하긴 했지만 몸과 마음의 치유와 관련된 요리를 하고 싶다는 바람뿐이었다. 나만의 요리 철학을 가지고 첫 번째로 시도했던 호스피스 요리가 나로선 바로 이 '프리바스켓'이라는 즉석 요리였다. 이 '소통의 요리'에서 내 나름의 호스피스 요리의 길을 좀 더 구체적으로 찾도록 도움을 준 사람은 뜻밖에도 나의 언니였다.

언니는 나와 정반대의 성격을 가진 사람이다. 아내와 엄마로서 지나칠 정도로 책임감이 강한 언니에게 나는 가끔 자신만의 시간을 가지라고 충고를 하곤 했다. 그러면 언니는 "나는 현모양처로 사는 게 행복해" 하며 가족을 위한 삶을 자신의 행복으로 여겼다.

결혼 이후 줄곧 해외에 나가 살던 언니가 두바이에 머물 때였다. 내가 그곳을 찾아갔을 때 언니는 피곤에 지쳐 있는 기색이 역력했다. 언니는 "더워서 그래. 어디를 가든 에어컨 때문에 겨울 재킷을 갖고 다녀야 해"라며 몸을 한껏 움츠렸다. 그러면서도 모처럼 방문한 동생과 조카를 위해 여기저기 관광 안내를 해주었다. 내가 떠나는 날 언니는 "너희들 가고 나면 며칠 동안 잠만 잘 거야. 왜 이렇게 피곤한지 모르겠어"라고 말했다.

두바이에서 돌아온 뒤 나는 다시 바쁜 일상으로 돌아왔다. 그리고 얼마 후 갑자기 언니가 한국에 들어와 병원 예약을 했다는 소식을 전해왔다.

"왜? 어디 아파?"

"피곤하기도 하고…… 몸에 좀 이상이 생긴 것 같아. 두 달째 하혈을 하고 있어."

아무렇지도 않게 말하는 언니의 말투에 나는 화가 났다. 어쩌면 가족을 위해 사는 것이 자기의 행복이라고 믿고 살아온 언니의 모습에 화가 난 것인지도 몰랐다.

"뭐? 이제야 병원에 오면 어떻게 해? 그런 몸으로……"

검진 결과 언니는 자궁내막염으로 인한 임파선, 림프절, 그리고 대장과 간까지 전이된 말기 암이었다. 그 당시 나는 프랑스 요리 학교 졸업을 앞두고 시험 준비하기도 바쁘고 카페도 한창 바쁠 때였다. 나는 일부러 언니와 며칠간 연락을 끊었다. 자신을 돌보지 않고 살아온 언니에게 나는 화가 많이 났던 것 같다. 다행히 언니의 소식을 듣고, 오래 전 캐나다로 이민 가서 종합 병원의 수간호사까지 지냈던 이모가 한걸음에 달려와 언니를 돌봐주셨다.

그러는 가운데 언니는 수술을 받고 항암 치료를 앞두고 있었다. 나는 일주일 만에 언니에게 연락을 했다. 언니는 미안해하는 나에게 이렇게 말했다.

"괜찮아. 내 동생이 호스피스 요리사가 되고 싶어했으니 이제 나한테 한번 연습해 볼래?"

언니의 말에 나는 주저 없이 그러겠노라고 말했다. 그러고는 카페 휴일 전날 밤이 되면 무조건 강원도로 향했다. 화학 비료의 힘으로 자란 식물이 아닌, 자연에서 자란 풀과 나무와 열매를 찾아 요리를 해볼 작정이었다. 호스피스 요리가 될 만한 것이면 무엇이든 가능성을 열어 놓고 관련된 책들을 열심히 찾아 읽고 공부를 하던 중이라 나는 자연에서 자란 식물들 가운데 먹을 수 있는 것이 어떤 것인지, 자연의 식물들 속에 어떤 치유의 힘이 깃들어 있는지 조금씩 알아가고 있었다.

강원도를 오가면서 내 마음속에는 한 가지 생각이 점점 더 굳게 자리를 잡아갔다. '언니의 밥상이 곧 나의 비전이 될 거야! 내가 가는 길이 맞다면 언니는 분명 나을 거야.'

강원도에 가서 맨 처음 찾아간 곳은 약초 가게들이었다. 약초들을 '약'으로보다는 향신료나 양념으로 써보고도 싶었고, 국물을 우려내 요리와 함께 마시는 차나 소스로 활용해 보고도 싶었다. 그러나 약초들이 수입산인지 국내산인지 알아보는 것부터가 쉽지 않았다. 하나씩 물어가며 배우는 수밖에 없었다. 약초를 활용해서 만든 음식들을 누구보다 먼저 언니에게 먹였다.

항암 치료를 하고 있는 언니는 냄새에 매우 민감했다. 그런데 구수한 향은 잘 참아내는 것 같아서 향이 구수한 약초들을 차처럼 우려내 그 물을 밥, 국, 찌개 등 늘 먹는 음식에 보통 쓰는 물 대신 쓰도록 했다. 몸을 따뜻하게 하는 감초도 곱게 갈아서 향이 너무 짙게 배지 않을 정도로만 볶음 요리와 찜 요리에 넣었다. 산에서 나는 여러 가지 야생 열매로 효소와 식초, 간장, 된장도 만들어주었다.

항암 치료를 받는 언니에게 가장 시급한 일은 진통제로 인한 심한 변비를 해결하는 것이었다. 나는 먼저 음식에 사용하는 기본 양념을 당분간 집간장과 양조 식초 등 발효된 재료만을 사용했다. 마침 믿을 만한 분으로부터 겨우내 잘 말린 귀한 꼬리겨우살이를 얻을 수 있었는데(겨우살이보다 항암 효과와 면역력이 훨씬 뛰어난 꼬리겨우살이는 주로 차로 사용된다), 나는 이 꼬리겨우살이를 차로 우려낸 다음 야생의 풀들과 흰살 생선을 그 찻물에 데쳐서 먹게 했다. 마지막으론 그 국물에 부드러운 단호박과 톡톡 터지는 찰옥수수를 넣어 이탈리아식 리조또를 만들었는데, 찰옥수수의 식감 덕분에 언니는 잠시나마 먹는 즐거움을 느끼곤 했다. 이렇게 다량의 신선한 야채 섬유질을 섭취한 덕분에 언니는 더 이상 변비로 고생하지 않았다. 게다가 체온까지 따뜻해졌다.

그 무렵 나와 가깝게 지내는 친구의 언니도 유방암 치료를 한다는 말을 전해 듣고 나는 카페로 친구 언니를 초대해 같은 재료로 음식을 대접해 보았다. 그리고 내 언니에게 알려준 대로 몸에 좋은 음식들이 어떤 것들이 있는지도 알려주었다.

한번은 언니가 생선이 들어간 토마토 수프가 먹고 싶다고 해서 흰 살 생선과 로즈마리, 바질의 향신료를 넣어 나름 이탈리아 전통 음식 스타일로 만든 적이 있는데, 언니는 음식을 한 수저 떠먹다가 다 토해 버렸다.

"이상해. 우리 땅에서 난 것은 구수해서 먹을 만한데 서양의 향은 못 견디겠어."

언니의 말은 나에게 중요한 사실을 깨닫게 했다. 역시 우리 몸을 살리는 맛과 향은 바로 이 땅에서 나고 자란 식물들에 있었다. 그리고 환자의 몸에 좋은 음식을 선택하는 것은 요리사인 내가 아니었다. 언니 스스로 먹고 싶은 음식들을 찾아갈 수 있도록 해야 했다. 그와 동시에 나는 맛과 향이 좋아서 즐겁게 맘껏 먹을 수 있는 방법도 찾을 필요가 있었다.

항암 치료가 계속되면서 언니는 말초 신경의 감각을 거의 잃어가기 시작했다. 이즈음에는 혀의 감각도 잃어버려 자신이 무엇을 먹고 있다는 것조차 느낄 수 없다고 했다. 게다가 애써 먹은 음식은 토하기 일쑤였다. 언니는 입맛으로 먹기보다는 살기 위해서 먹는다고 했다. 나는 언니에게 땅의 기운, 자연의 맛과 힘으로도 몸이 달라질 수 있다며

되도록 생명력 있는 식재료로 요리하는 법을 알려주기 시작했다. 그리고 전화를 할 때마다 이렇게 저렇게 먹는 방법과 함께 왜 잘 먹어야 하는지에 대한 얘기를 자주 했다.

언니 스스로 먹을거리에 대한 생각에 변화가 생기기 시작하자, 나는 언니가 자신의 몸이 원하는 음식을 찾아 먹을 수 있도록 안내자 역할을 했다. 자신이 가장 먹고 싶은 음식을 찾아서 잘 먹은 덕분에 언니의 건강 상태는 항암 치료중이었음에도 약해지지 않았고, 암 치료에 따른 약물의 부작용도 잘 이겨낼 수 있었다. 그 후 언니는 가끔씩 바깥나들이 겸 카페에 와서 내가 서울과 강원도를 오가며 가져온 수많은 재료들로 요리한 음식들로 식사를 할 정도로 상태가 좋아졌다.

"언니 덕분에 내가 가야 할 길이 어느 쪽인지 알 수 있었어. 언니는 나를 일깨워준 사람이야."

나는 언니에게 고마운 마음을 담아서 말했다. 언니는 항암 치료 후 1년도 안 돼 건강을 거의 회복했고, 음식의 중요성을 직접 깊이 체험해서인지 지금도 스스로 건강한 먹을거리들을 잘 챙겨서 먹고 있다.

이 일은 나에게도 커다란 깨달음을 줬다. 병을 치료하는 데 약도 필요하겠지만, 몸에서 원하는 재료를 세심히 선택해서 잘 먹는 것만큼 큰 보약이 없다는 생각이 더욱 굳어졌다. 이 경험은 내 생각만이 아니라 내 삶에도 적잖은 변화의 물결을 일으켰다. '그것이다'라는 생각이 들면 모든 결정이 단순해지는 나는 아예 숲으로 들어가 아픈 이들을 위한 야생 식물 요리를 연구하는 게 좋겠다는 결심을 하고 마침내 실행에 옮기게 된 것이다.

그동안 카페라는 형식으로 복합 문화 공간을 운영하면서 이런저런 일들로 나는 많이 지치기도 한 터였다. 삶을 위한 예술의 공간이 되기를 바라는 마음으로 만든 그 공간에서 나는 말기 암 환자들과 함께 기쁨과 슬픔을 나누고 싶었고 실제로 그런 바람이 자리를 잡아가기 시작할 무렵, 보통의 다른 레스토랑이나 카페처럼 생각하고 찾아오는 손님들이 늘어나기 시작했다. 이렇게 손님들이 늘면서 내가 원치 않는 일들도 동시에 생겨났다.

카페를 운영하면서 경험한 한 가지는 고급 레스토랑을 찾은 손님일수록 거기에서 일하는 사람들을 마치 하인 부리듯 함부로 대한다는 것이었다. 이 업종에 종사하는 분들은 대부분 비슷한 경험들을 하고 있었다. 어느 책에서 카페에 오는 손님들에게는 그곳 종업원들에게 자기가 누구인지 알리고 싶어하는 심리가 숨어 있다는 글을 읽은 적이 있다. 집에서 받을 수 없는 서비스를 받고 싶어하는 마음으로 카페나 레스토랑을 찾는다는 것이다. 그리고 서비스가 만족스러우면 그곳의 단골손님이 된다. 막상 내가 카페에서 여러 손님들을 대하다 보니 그런 손님을 맞을 때가 가장 불편했다.

요리사로서 몸과 마음에 평화를 가져다주는 요리를 만들고 그런 행위를 통해서 내 스스로 의미와 가치가 있다고 느껴지는 삶을 살고 싶었지만, 손님을 위한 서비스 사업에서는 돈 버는 일과 상관없이 뭔가 다른 재능이 필요하다는 생각이 들었다.

봉사의 폭을 넓히겠다고 시작했던 일들도 갈수록 버겁게 느껴지기 시작했다. 처음엔 작은 규모로 소박하게 시작된 봉사회 모임이 차츰 모양새를 갖추게 되고, '비영리 민간 단체' 인가를 받으면서 몇 년 사이에 제법 그럴듯한 봉사 단체로 성장했다. 그렇게 되면서 큰 걱정이 하나둘씩 늘어나기 시작했다. 운영 기금을 마련하기 위해 더 애를 써야 했고, 기금이 어떻게 쓰였는지 결산 보고도 하고 예산도 미리 세워야 했다. 내 능력 범위 안에서 소박하게 해보려던 봉사가 나중에는 혼자 감당하기에 벅찬 상황이 되었다. 어떤 땐 회칙에 얽매여 지원은커녕 서류 만들기에 급급할 때도 있었다.

그 당시 허둥지둥 정신없어하던 나에게 늘 조언을 아끼지 않던 분이 해준 말이 있었다. "아무리 좋은 일이라도 어려운 처지에 있는 모든 사람을 도울 수는 없어요. 그러니 너무 힘겹게 하지 않기를 바랍니다." 그분의 말씀이 옳았다. 어려운 처지의 아이들을 보면 무리를 해서라도 모두 도와야겠다는 건 내 욕심이었는지도 몰랐다. 점점 봉사하는 일이 나에게 벅찬 일거리가 돼 하루하루 정신없이 보내는 내 모습을 보면서, '이건 내가 바라던 모습이 아닌데……' 하는 생각들이 수도 없이 밀려왔다.

고삐를 늦추어야 할 시점이라고 생각했다. 호스피스와 관련된 봉사는 이제부터 나 혼자서 감당할 수 있는 만큼만 해나가기로 마음을 먹었다. 봉사의 테두리를 넓힌 지 10년 만에 나는 '삶을 위한 예술'을 실행에 옮기고자 만들었던 카페를 떠났다. 이제라도 늦지 않았다면, 그동안 선한 마음으로 카페를 찾아와 도움의 손길을 나눠주신 모든 분들께 깊이 감사의 인사를 드리고 싶다.

삶의 마지막 순간까지 배우고 싶은 것

열네 번째 이야기

숲에서 산책을 하다가 땅의 기운을 받고 돋아난 싱싱한 봄나물들을 보면 살짝 아쉬움이 스친다. 커다란 양푼에 밥을 넣고, 살짝 데친 야생 나물들과 진달래꽃, 생강나무 꽃잎을 넣어, 부드러운 약초 된장소스에 쓱쓱 비벼 도시 생활에 지친 이들과 둘러앉아 숟가락 꽂고 한 수저씩 떠먹으면 좋으련만 하는 아쉬움……

그동안 암 환자를 위한 호스피스 요리를 해볼 요량으로 공부한 것들을 언니에게 풀어놓은 지 2년이 지났다. 그 후 나는 숲에 들어와서 우리 땅에서 나고 자란 풀과 열매를 이용한 구체적인 요리법을 개발하고 정리하는 데 온 힘을 쏟고 있다.

언니가 한창 암 투병중일 때 내가 잘 아는 다른 한 분에게도 암이 찾아왔다. 그분을 처음 만난 것은 카페에서 '사랑의 테이블' 행사를 하고 있을 때였다. 나의 20년 지기 의사 부부와 함께 들어서는 그의 모습은 조용하면서도 따뜻한 인간의 온기가 느껴졌다.

그 후로도 그분은 공연이 있을 때면 가끔씩 찾아오곤 했다. 그분은 성품이 워낙 조용하고 온화해서 여럿이 있는 자리에서도 있는 듯 없는 듯 있다 가곤 했다. 규모가 꽤 큰 의료기 회사를 경영하면서도 가진 사람처럼 행세하지 않고, 주변 사람들에게 친절하고 배려심도 깊어서 존경을 받았다. 그러던 어느 날 공연장에서 다시 인사를 나누는데 그분이 심하게 기침을 했다.

"감기가 오래가면 안 좋다던데 병원에 한번 가보세요."

"기침이 좀 오래가기는 하는데 괜찮아지고 있어요. 가족들 보러 두 달 동안 캐나다에 갔다 와야 해요. 겨울철 감기 조심하세요."

그는 내 걱정을 별로 대수롭지 않게 받아들였고 오히려 나를 걱정해 주는 말을 하면서 헤어졌다.

연말이 지나고 새해를 맞아 여기저기 인사를 다니며 바쁜 시간을 보내고 있는데, 20년 지기 의사 선생님에게서 갑작스런 연락이 왔다. 그분이 폐암 말기 진단을 받았다며 시간이 얼마 남지 않았다고 했다. 불과 몇 개월 전 심한 기침을 하던 그분의 모습이 떠올랐다. 그분은 캐나다에 가서도 몸이 불편해서 오래 머물지 못하고, 한국에 오자마자 병원에 가 검진을 했는데 결과를 보니 꽤 심각한 상태라고 했다.

의사인 지인은 검사 결과를 아직 그분에게 전하지 못했다면서, 외국에 있는 가족이 아직 오지 않은 상태이니 시간이 되면 그분 병문안을 와줄 수 있겠느냐고 물었다. 그리고 검진 결과나 앞으로 일어날 일들에 대해 본인에게 어떻게 말을 하는 게 좋을지 나에게 의견을 구했다. 아마도 호스피스 봉사 경험이 많은 내 이야기를 참고하고 싶었던 것 같다. 나는 그동안의 경험을 이야기하면서 본인이 모든 것을 정확하게 알 필요가 있다고 말했다. 죽음의 문제를 회피할 수도 없을 뿐더러 앞으로 남은 시간을 잘 정리하기 위해서는 환자가 정확한 사실을 아는 것이 중요했다. 숨기는 것보다 알려주는 것이 환자를 위한 배려라고 나는 말했다.

호스피스 봉사는 죽음을 눈앞에 두고 있는 사람과 그 가족이 남은 시간 동안 정리할 것들이나 화해할 것들, 혹은 더 나누고 싶은 것들을 함께 주고받음으로써 삶의 질을 높이고 죽음을 편안하게 맞이하도록 도와주는 것이어야 하고, 인생의 마지막을 품위 있게 보낼 수 있도록 인간적 존엄성을 지켜주는 것이어야 한다.

해외를 오가며 회사 일로 바쁘게 살았던 그는 자신도 모르는 사이에 병에 걸렸고 치료 시기를 놓치고 말았다. 진단을 받은 당시에는 이미 손을 쓸 수 없을 정도로 온몸에 암세포가 퍼져 있었다. 선하게 살아온 그분의 성정으로 보아 심한 경쟁 사회에서의 스트레스가 병의 원인이 아니었을까 그저 짐작될 뿐이었다.

아이들과 부인은 외국에 나가서 생활하고 있었기 때문에 그는 홀로 병원에 입원해 있었다. 그를 아끼는 사람들의 걱정이 이만저만 아니었다. 그분의 아내도 몸이 건강하지 않았던 터라 한국에 돌아온다 해도 병간호가 쉽지는 않을 것 같아서 모두들 더욱 염려를 했다.

나는 병문안을 가면서 그분과 처음 만나던 때를 떠올렸다. 암 환자 가족 후원 공연이 있던 날, 그분은 회사 직원들과 함께 와서 공연을 지켜보고 난 뒤 환하게 웃음 진 얼굴로 "작지만 꾸준히 돕겠습니다"라며 내게 인사를 했었다. 그 뒤로도 짬날 때마다 공연에 와서 감동받은 순간들에 대해 들려주고 또 공연에 나서준 음악가들에게도 드러나지 않게 도움을 주곤 했다.

병원에 도착해 엘리베이터에서 내리는 순간, 낯익은 얼굴이 복도 끝에서 힘겹게 걸어오고 있었다. 항상 소년같이 맑은 모습으로 인사하던 그분의 얼굴은 그러나 병색이 완연했다.

"어? 셰프님, 안녕하세요? 어떻게 아시고……?"

그분은 아무렇지도 않은 듯 나를 반갑게 맞아주었다.

"새해 복 많이 받으세요. 그리고 건강하셔야죠!"

나는 얼떨결에 새해만 되면 습관처럼 나오는 인사를 했다.

"병원에 한 이틀 입원해 있었더니 이제 다 나았어요. 얼마나 아팠던지 애처럼 눈물이 다 나던 걸요. 캐나다에서 돌아와 집에 도착하자마자 펑펑 울었어요! 너무 아파서요. 그동안 식구들과 함께 있다가 집에 아무도 없으니까 더 아프고 서럽기도 하고요. 안 되겠다 싶어 병원으로 왔죠."

"아휴, 좀 미련하셨네요! 아무튼 지금은 그나마 괜찮다고 하시니 다행이에요."

속으로 걱정을 삼키면서 나는 그렇게 말할 수밖에 없었다.

"참! 요리 학교 졸업을 미리 축하드리는 의미로 아내가 그릇 선물을 준비했는데 경황이 없어서…… 나중에 갖다드릴게요."

그 순간 나는 먹먹해져서 무슨 말을 해야 할지 몰랐다.

"저…… 알고 있어요. 오늘 담당 의사한테서 얘기 들었어요. 다음 주에 아내가 오는데 그래도 모르는 일이니 아직 아내한테는 말하지 말아주세요."

그분의 아내도 낙천적이고 긍정적인데다 얼마나 환한 웃음을 지니고 있는지, 보는 것만으로도 하루의 피로를 싹 없애주는 분이었다.

"그 와중에 선물이라뇨? 정말 두 분 다 참 미련하시네요. 이제 자주 뵐 텐데 사모님 곁에서 힘이 되도록 할게요."

"이제부터 암과 사이좋게 지내야 할 텐데…… 어떻게 하는 게 좋을지 모르겠네요. 항암 치료를 해야 할지 치료를 하지 않고 삶의 마지막 순간을 조용히 기다리는 것이 나을지……"

삶의 중요한 시점일수록 우리는 두 방향의 갈림길에 서 있다는 걸 절실히 알게 된다. 어떤 것을 선택하고 어떤 것을 포기해야 할지, 그것만 잘해도 쓸데없는 고통은 없을 것 같다는 생각이 들었다. 그는 의료기 회사를 경영하던 자신이 환자복을 입고 자신이 거래하던 병원에 입원해 있다는 사실에 매우 어색해했다.

"회사일로 자주 다니던 곳이었는데 지금은 환자로 와 있네요!"

나의 언니도 말기 암 진단을 받고 투병중에 있던 터라, 나는 언니 얘기를 하면서 암 환자에게는 먹는 것이 얼마나 중요한지 그에게 자세히 설명했다.

"치료 방법은 의사 선생님께 맡기고, 우리가 해야 할 일은 치료 과정에서 지치지 않도록 어떻게든 잘 드시는 게 최선일 것 같아요."

그에게 암 투병중인 언니에게 만들어준 식단을 하나하나 알려드리면서도 농약이나 제초제, 비닐하우스에서 길러진 작물이 아닌 자연 그대로의 신선한 재료를 구하실 수 있을지 걱정이 앞섰다. 야생에서 자란 재료와 그렇지 않은 재료로 만든 요리가 지닌 에너지는 확실히 달랐기 때문이다.

겨울의 언 땅을 이겨내고 자란 깊은 산 속의 풀들, 벌레가 갉아먹어 구멍이 숭숭 뚫린 나뭇잎 사이로 얼굴을 비죽이 내민 열매들, 오랫동안 사람들의 발에 밟히면서 꿋꿋하게 뻗어나간 뿌리들, 이런 식물들은 사람의 손에 보호를 받으며 인위적으로 키워진 것이 아니기 때문에 생명력과 자생력이 강하다. 그러나 야생에서 자라다 보니 이런 식물들에는 약성과 독성이 함께 들어 있어서 적절한 시기에 채취하는 법이라든지 독성을 걸러내 인체에 해가 가지 않도록 하는 방법을 아는 것이 중요하다.

책을 통해서, 경험 많은 사람들을 만나 이야기를 들으면서, 또 숲에 들어와 그것들을 직접 보고 가져다 요리를 해보면서 그런 점들을 깨우치고 나니, 야생 재료를 이용한 요리에 더 자신이 생기는 것은 물론 내가 가고자 하는 이 길이 정말 의미 있고 가치 있는 길이 되겠다는 확신도 들었다.

그러나 당시만 해도 나는 아직 야생의 재료들로 말기 암 환자를 위한 음식을 만들 수 있을 만큼 충분한 준비가 되어 있지 않았다. 언니를 위해 강원도를 다니면서 야생 재료들을 찾아보고 연구하면서 시험

적으로 만들어주기도 했지만, 카페를 운영하면서 짬짬이 다니는 정도여서 직접 야생의 식물들을 채취해서 그걸로 요리를 할 수 있는 상황은 아니었다. 그 대신 나는 언니와 그분에게 드릴 먹을거리를 포함해 내가 운영하던 카페의 식재료까지 가능하면 시장에서 파는 농산물이 아니라 아는 사람이 지은 농산물을 직거래로 구입해 사용했다.

"드시고 싶은 것이 있으면 바로 말씀해 주세요. 언니 얘기로는 항암 주사를 맞고 며칠은 마치 입덧할 때처럼 힘들다던데."

암 환자에게는 먹고 싶은 음식이 떠나지 않도록 누군가 옆에서 희생적으로 돌봐주는 것이 중요하다. 나는 투병중인 언니를 보면서 그런 사실을 알게 되었다. 아울러 아무리 몸에 좋은 음식이라도 내가 일방적으로 정해주기보다는 가능하면 환자가 먹고 싶어하는 음식으로 골라서 만들어주는 것이 환자에게 좋다는 사실도 깨달았다. 괜히 한식이니 이탈리아 요리니 하면서 복잡한 레시피를 따질 것도 없었다. 환자가 좋아하는 재료들을 최대한 이용해 입맛에 맞게 직접 만들어드리는 게 낫겠다는 생각이 들었다.

"그래요? 여자들이 아기 갖고 입덧하는 증세가 이렇다면 정말 괴롭겠네요."

그 와중에도 농담을 잃지 않고 그분은 토마토를 유독 좋아한다며 나에게 토마토가 들어간 요리를 해주면 좋겠다고 청했다. 나는 샐러드와 수프, 오븐 요리, 스파게티와 함께 토마토를 이용한 국수 요리를 만들어 그동안 받았던 것들에 대한 감사의 마음과 함께 음식을 전해드렸다. 미안해하면서도 얼마나 맛있게 들던지……

"저, 잘 먹죠? 다른 사람은 암 치료중에 식욕이 떨어진다던데 전 그런 증세는 없는 것 같아요."

그분은 간호하러 와 있는 아내 역시 몸이 건강하지 않아 어떨 땐 나가서 추어탕이나 설렁탕을 사 먹기도 한다고 했다.

"두 분이서 오랜만에 데이트도 하고 좋으시겠네요!"

말은 그렇게 했지만, 외식이 몸에 좋지 않을 텐데 하는 생각은 지울 수가 없었다.

한번은 조촐한 도시락을 준비해 가서 그분 내외와 함께 나누어 먹으며 이런저런 살아온 이야기들을 주고받았다. 암 진단을 받은 뒤 그분은 회사를 정리해야 한다는 사실을 무엇보다 힘들어했다. 나는 그 마음을 이해할 것 같았다. 나도 호스피스 봉사자의 삶을 내 인생 마지막까지 살아갈 길로 정하고 서울시립교향악단을 그만두기로 했을 때 결코 쉽지만은 않았다. 내 의지에 따른 일이었는데도 그동안 내가 가지고 있다고 생각했던 것들을 내려놓으려는 순간 마음 한편에서 꼭 그래야 하느냐는 저항이 만만찮게 일었다. 하물며 본인의 의지와는 상관 없이 회사를 정리해야 하는 입장이라면 오죽할까?

나는 언젠가 닥쳐올 죽음 앞에서 지나온 삶을 행복한 삶으로 기억하기 바랐고, 그래서 어려운 선택이었지만 악단을 떠날 수 있었다. 선택하고 실행하기까지는 어려웠지만 일단 결행을 하고 나자, 놀랍게도 나의 삶은 하루아침에 달라지고 나는 이루 말할 수 없이 자유로워졌다. 나는 남편에게도 또 그 사이 훌쩍 자란 아이에게도 "이젠 나 자신으로 살고 싶다!"고 말했고, 그와 동시에 나를 둘러싸고 있는 온갖 것들에 대한 집착도 함께 내려놓을 수 있었다. 진정으로 내가 원하는 일을 선택했다는 사실에 나는 비로소 내 자신과 하나가 되었다는 느낌이 들었다. 나는 지금도 그 느낌이 들던 순간의 짜릿함을 잊을 수가 없다. 더구나 걱정했던 것과 달리 그날 이후 우리 가족의 삶이 크게 달라진 것도 없었다. 오히려 제각각 독립적이고 독특한 하나의 인격체로 각자의 자리에서 살아갈 수 있게 되었다는 사실에 감사할 뿐이다.

이런저런 나의 경험담을 얘기하는 동안 어느새 우리는 서로를 지켜주는 든든한 친구가 된 기분이 들었다. 그분은 삶이 허락하는 한 마지막으로 신학을 공부하고 싶다고 했다. 그리고 아이들에게도 못 다한 사랑을 나눠주고 싶다고 했다.

그 사이에 나는 요리 학교를 모두 마치고 그동안 배우고 경험한 것들을 카페에서 만드는 요리에 적용도 하고 여기저기 야생의 재료들을 찾으러 다니기도 하면서 새로운 마음으로 요리에 전념하고 있었다. 그러던 어느 날 카페에 모자를 쓴 손님이 들어왔다. 바로 그분이었다.

"어머, 건강은 어떠세요? 치료는 다 끝났나요? 많이 좋아 보여요."

몹시 반가운 마음에 나는 그동안 궁금했던 것들을 쏟아내며 일방적으로 묻고 있었다.

"치료가 끝나는 날 셰프님의 토마토 요리를 꼭 먹어야지 생각하고 오늘까지 참았다가 병원만 들르고 바로 오는 거예요. 항암 치료를 받을 때 해주셨던 토마토소스 스파게티가 정말 먹고 싶었어요!"

주방으로 돌아와 불 앞에 선 나는 마음이 짠해졌다. 왠지 이 요리가 그분에게 드리는 마지막 요리일지 모른다는 느낌이 들었다. 그는 언젠가 이탈리아에 갔을 때 맛있게 먹었다던 지중해 스타일의 토마토 스파게티를 해줄 수 있겠느냐고 주문했다. 나는 그가 이탈리아에서의 추억을 되새길 수 있도록 정성을 다해 음식을 만들었다. 그날 저녁, 식사

를 하는 내내 움푹 패어진 그분의 눈가에 그렁그렁 눈물이 맺혀 있던 모습이 지금도 기억에 선하다.

얼마 후 그분은 이곳 생활을 완전히 정리하고 캐나다로 떠난다고 전해왔다.

"토양과 기온이 한국과는 달라서 자칫 몸의 리듬이 깨질 수 있어요. 건강을 되찾은 것 같지만 온전하게 몸이 돌아올 때까지 조심하셔야 해요."

나는 간절한 마음을 담아서 말했다. 그러나 몇 달 후 그분이 다시 암 투병을 하고 있다는 소식을 지인으로부터 전해 들었다. 그리고 얼마 지나지 않아 그분은 영원한 곳에 먼저 가서 기다리겠노라는 인사를 친구들에게 남기고 하늘나라로 떠났다는 소식을 받았다.

호스피스 봉사를 통해 나는 앞서간 분들에게서 인생의 소중한 가르침을 끝없이 배운다. 나는 이 배움의 길에 오랫동안 머물고 싶다. 그래야 어떻게 살고 어떻게 죽음을 맞이할지 더 많은 걸 배울 수 있을 테니. 아직은 늙어가는 것이나 죽음을 자유롭고 평화롭게 받아들이기가 마냥 쉽지만은 않다는 말을 솔직하게 고백해야겠다. 아니, 살아있는 동안 진정한 죽음의 의미를 깨닫기 위해서는 평생을 배워야 할지도 모르겠다.

어떤 분들은 죽음의 길목에서 그동안 세상에서는 배울 수 없는 것을 배우고 발견하기도 한다. 그분 역시 죽음이 가까이 왔을 때 '너무 늦었어'라는 생각으로 괴로움에 빠져들기보다는 남아 있는 짧은 시간이라도 자신이 하고 싶었던 일, 미뤄왔던 일들을 하면서 의미 있게 살려고 노력하는 모습을 보여주었다.

언젠가는 내게 "늦었더라도 내 자신이 존재하는 의미와 가치를 찾지 못한다면, 죽음을 앞두고 그것만큼 공허하고 아쉬운 것도 없을 거예요"라고 말한 적도 있었다. 그분의 그 고백은 내가 늘 내 자신에게 하던 말이기도 했다. 나 역시 언젠가 마지막으로 삶을 되돌아볼 때 행복한 눈으로 되돌아보기를 바랐고, 그런 소망이 마침내 나를 지금 이곳 숲 속으로까지 이끌었으니 말이다.

오늘도 나는 숲 속에서 갓 돋아난 솔잎 순을 따와 그것으로 새로운 요리를 연구한다. 그것이 다시 누군가의 몸을 살리는 음식이 되길 바라면서, 나는 그것을 그분 내외가 마지막 선물로 주고 간 접시 위에 토마토와 함께 올려본다.

열다섯번째 이야기

마지막 나들이,
마지막 추억의 밥상

말기 암 환자들과 나눈 많은 이야기들 가운데서 유독 음식에 얽힌 이야기가 나의 관심을 끌었던 것은 음식 이야기를 나눌 때면 유난히 행복해 하는 그들의 모습 때문이다. 그들이 추억하는 음식에는 하나같이 '이야기'가 담겨 있었다. 음식 이야기를 할 때면 그들은 잠시 시간을 거슬러 올라가 옛 추억에 젖곤 했다. 얼큰한 김치찌개, 구수한 숭늉 한 그릇으로도 그들은 금세 과거의 한 시절로 돌아가 그리움의 눈물을 흘렸다.

나는 죽음을 앞둔 그들에게 더없이 훌륭한 음식은 고향이나 어머니 혹은 할머니의 사랑을 느낄 수 있게 하는 음식이라는 사실을 깨달았다. 하여, 몸이 편한 음식만이 아니라 심리적 치유까지 불러올 수 있는 음식을 만드는 것, 그것이 호스피스 요리사로서 나의 철학이자 모토가 되었다. 오랜 병고로 마음까지 지쳤을 때 어머니나 할머니의 손맛을 느낄 수 있는 음식을 대한다면, 그것이 그저 국 한 그릇 반찬 한 접시라 할지라도 마음이 풀어지면서 자연스레 치유가 일어날 것이다.

그런 음식을 차리려면 당연히 우리 땅에서 나는 재료를 써야 했다. 나이든 환자들에게 어린 시절 먹었음직한 나물로 요리를 해드린다면 그것만으로도 그분들에게는 어머니의 밥상을 받은 것처럼 기쁜 선물이 될 터였다. 비록 그것이 지난날을 추억하게 하는 마지막 밥상이라 할지라도, 죽음을 앞둔 이들에게는 그들이 맛볼 수 있는 최고의 기쁨이 되리라 생각했다. 다행히도 이는 생각에만 머물지 않고 실제로 나는 우리 땅에서 난 재료들로 만든 행복의 밥상에 말기 암 환자들을 초대할 수 있었다.

그 첫 번째 손님을 초대하기 위해 '마리아의 작은 자매회' 수녀님들이 운영하는 '모현가정호스피스'에 연락을 했다. 그때 스텔라 수녀님과 처음 인사를 나누고 내가 하려는 일을 설명드렸다. 그 후 '삶의 마지막 축제'에 초대하고 싶은 사람이 생기면 수녀님이 내게 연락을 주곤 했다. 나들이하기에 좋은 날로 골라서.

"셰프님, 저희 모두 열 명 정도인데 내일 갈게요."

"예, 수녀님. 환자들 가족 상황과 건강 상태, 그리고 드시고 싶은 음식과 드실 수 있는 음식을 적어서 이메일로 보내주세요."

수녀님과 나는 늘 이렇게 짧은 통화로 이야기를 주고받았다. 마지막을 앞둔 환자들과의 약속은 날짜를 멀찍이 잡을 수가 없다. 하루에도 몇 번씩 환자들의 상태가 달라져 다음날을 기약하기 어렵기 때문이다. 죽음 앞에서는 며칠 후, 몇 주 후…… 이런 기간이 무의미했다. 그런 상황을 잘 알고 있던 터라 나는 수녀님께 하루 전에만 연락해 달라고 얘기를 했었다. 재료들을 준비하고 요리를 구상할 수 있는 최소한의 시간을 고려해서였다.

전화를 끊고 나서 수녀님은 내게 이렇게 이메일을 보내왔다.

"내일을 향해 파이팅! 스텔라 수녀입니다. 장마라고는 하지만 비가 정말 많이 오고 있어요. 비 때문에 시원한 주일을 보내고 있습니다. 오늘 새롭게 깨달은 것이 있어요. 지금껏 환자분들을 대하면서 어떻게 하면 좀 더 편안히 지내도록 도와드리나 하는 것이 저의 숙제인 줄 알았는데, 오늘 생각해 보니 제가 어떻게 하면 환자분들과 잘 놀 수 있는지가 숙제더라고요.

며칠 전에 어느 환자분을 보고 마음이 많이 아팠어요. 위암 말기인 스물여덟 살 청년이었는데 부모님의 애틋한 사랑에도 불구하고 계속 아파하고 힘들어하고…… 전쟁이라고 표현하기는 그렇지만, 먹는 것으로 엄마와 팽팽한 줄다리기를 하는 모습이 정말 마음 아팠어요. 더 이상의 치료가 불가능하다는 것보다 너무도 말라서 어떻게 해줄 수 없는 그 상황이 저를 힘겹게 하더군요. 아파서 누울 수도 없고…… 다행히 약이 효과가 있어서 통증이 조금 나아졌다고는 하지만, 오늘 가보니 정말 마음이 아팠어요. 움직이고, 먹고, 웃고 할 수 있는 것이 정말 은총이라는 생각이 듭니다. 매번 느끼는 것이긴 하지만 그 친구를 만나면서 이를 더욱 깊이 느끼게 되었습니다.

제 넋두리가 길었지요? 내일 함께 갈 환자들을 소개합니다. 한 분은 행려자(남, 43세)이고요, 췌장암입니다. 몸무게가 엄청 빠져서 많이 말라 있어요. 췌장 쪽이라서 기름진 음식은 좀 힘들어요. 식사는 잘한다고는 하는데 많이 드시지는 못합니다. 늘 집에만 있으니 움직이는 것이 좀 무리다 싶기는 하지만 기분 전환도 할 겸 좋을 것 같아서요. 현재는 가족이 없이 요셉의원에서 운영하는 집에 머물고 계십니다.

다른 한 분(여, 67세)은 2001년 유방암 말기 진단을 받아 수술을 하고 잘 지내다가 2009년 9월에 재발되어 항암제를 맞고 림프부종이 심한 상태입니다. 그 때문에 양쪽 팔이 부어 있고 항암 부작용으로 전신이 쇠약해져 있습니다. 당뇨와 고혈압이 있고 평소 음식을 직접 해드셔야 하는 형편이라 힘들어하세요. 식사하러 가자고 하니 흔쾌히 응하셨습니다.

또 한 분(여, 80세)은 지난 3월에 폐암 3기 진단을 받고 치료를 하지 않고 있다가 통증이 심해지고 나서야 저희가 방문하게 되었어요. 젊은 나이에 혼자되어 딸을 키웠고, 딸이 결혼하면서 지금은 혼자 투병중입니다. 딸이 잘 돌봐주고 있지만 직장을 다니기에 혼자 식사를 해결해야 해서 힘들어하셨지요. 지금은 통증도 많이 좋아지고 식욕 촉진제를 드셔서 입맛은 돌아온 상태로 뭐든 다 잘 잡수신다고 합니다.

이렇게 환자 세 분, 봉사자 두 분과 수녀 셋이에요. 더운데 너무 많이 가는 건 아닌지요? 늘 저희를 위하여 이렇게 문을 열어놓고 기다려주셔서 감사합니다. 전에 같이 갔던 세 분 가운데 두 분은 하느님 곁

으로 가셨어요. 그곳에서 한 식사가 정말 좋았다며 더없이 행복해하셨고 가족 분들도 많이 감사해하셨습니다. 하늘에서 저희를 위하여 기도해 주실 거라 믿어요. 저희가 지난번처럼 11시쯤 도착하면 되겠지요? 더위와 비에 건강 조심하시고 수요일 뵙겠습니다."

외롭고 혹독한 삶을 살아온 분들…… 하루하루 밥을 먹을 때마다 얼마나 쓸쓸했을까? 내일 하루 즐거운 식탁을 위해 나의 손이 바쁘게 움직이기 시작했다. 사실 카페를 겸한 문화 공간을 운영하면서 카페 손님들을 위한 요리까지 내가 직접 만드는 와중에 환자를 위해 혼자서 별도의 음식을 준비하기란 결코 쉬운 일은 아니었다.

암 환자의 음식은 재료부터 소스까지 모든 것을 특별히 더 신경 쓰지 않으면 안 되었다. 그래서 암 환자와 그 가족을 초청하기로 한 날은 즐거움과 함께 고민도 그만큼 클 수밖에 없었다. 말기 암 환자를 초대하는 일을 몇 번 치르고 나면서 나는 그분들에게는 음식에 대한 기대만큼이나 나들이에 대한 기대도 못지않게 크다는 사실을 알게 되었다. 그래서 테이블 세팅 등 분위기도 멋지게 준비할 필요가 있었다. 생의 마지막 외출이 될지도 모를 그날이 가장 기쁜 날이 되도록 애쓰는 것이 내가 해야 할 중요한 일 중 하나니까 말이다.

11시 무렵이 되자 수녀님과 환자들이 도착했다. 볕이 어찌나 좋은지 모두들 마당에서 집 안으로 들어올 생각을 하지 않기에, 오래 전에 담가놓은 산야초 효소 주스를 즉석에서 만들어 내놓았다. 역시 우리 땅에서 자란 풀들이 빚어낸 맛은 누구에게나 맛있게 느껴지나 보았다. 다들 얼마나 맛있어하던지, 그분들이 돌아갈 때 산야초 효소액을 조금씩 담아드렸다. 모두들 모처럼의 나들이에 한껏 마음이 부풀어 사진도 찍고 이야기도 나누면서 맛있게 점심을 들었다.

모현가정호스피스는 환자들이 살고 있는 가정을 직접 방문해서 호스피스 활동을 하는 곳이다. 그래서인지 센터에 입원해 있는 환자들에 비해 외로움을 많이 타는 듯 보였다. 특히 함께 있으면서 돌봐주는 가족이 없을 때는 무엇보다도 먹는 문제로 제일 힘들어했다. 암 환자가 혼자 식사를 해결한다는 것은 참 힘든 일이다. 항암 치료로 인해 손과 발이 저리다 못해 아프고, 속은 메스껍고, 진통제 후유증으로 인한 심한 변비로 대부분의 환자가 큰 고통을 겪기 때문에, 혼자 밥상을 차리기란 쉬운 일이 아니다.

이런 암 환자들을 위해 무슨 재료로 어떤 음식을 만들어야 할지 알게 된 것만으로도 참 다행스러웠다. 그날 나는 환자들이 되도록 채소를 많이 먹을 수 있도록 음식을 준비했다. 살짝 데친 채소는 많은 양을 먹어도 부담이 없기 때문에 모든 요리에 넣었다. 디저트로는 몸의 부기를 빼주는 단호박 아이스크림을 만들었다. 입안의 텁텁함을 해결해 주고 싶었기 때문이었다.

한 번의 음식으로 어찌 암 환자들이 직면해 있는 문제들이 모두 해결되겠는가? 하지만 모처럼의 즐거운 식사를 통해 마음의 한구석이라도 치유될 수 있다면 비록 한 끼의 식사일지라도 그 이상의 가치가 있을 것이다. 환자와 가족들은 서로 음식을 떠먹여주기도 하고 더 들라며 그릇을 옮겨 다른 분 앞에 가져다놓기도 했다. 환자들의 행복한 표정을 보는 것은 호스피스 요리사로서도 가장 행복한 순간이요 내 자신의 존재 의미를 느끼는 순간이 아닐 수 없다.

수녀님의 편지는 늘 갑작스레 받게 되지만 당황스럽지는 않았다. 오히려 날씨가 좋을 때면 '왜 전화가 안 오지?' 하며 기다리곤 했다.

카페 일을 완전히 접고 숲에 들어와 살게 된 뒤에도 '삶의 마지막 축제'는 계속 이어졌다. 어느 이른 봄날 나는 다시 수녀님의 이메일을 받고 말기 암 환자들을 위한 밥상을 차릴 준비로 분주해졌다.

"세월이 많이 흘렀어요! 어쩜 이리도 빨리 지나가고 있는지! 아침 저녁으로만 추운 것이 아니라 한낮에도 추워요! 어서 봄이 오기를 기다리면서…… 저희는 건강하게 잘 지내고 있어요. 다시 연락을 시작하게 된 걸 보면 봄이 오긴 오고 있나봐요. 모시고 갈 환자분이 세 분으로 늘었는데 괜찮으시겠지요? 안 괜찮으셔도…… 괜찮다고 하셔야 해요! 정말 죄송하고 감사해요.

환자 한 분은 조카며느님이 돌봐주고 계신 분이에요. 여자 분이고, 나이는 86세 되셨어요. 작년 10월에 폐암 진단을 받았고 목에 전이가 되어 성대 확장 수술을 한 번 하셨어요. 지금은 식사를 잘 못하고, 성대가 다시 좁아져가고 있어서 목소리가 잘 안 나와 힘들지만 그래도 괜찮으시대요. 생선이나 야채는 다 좋아하신다고 했어요. 셰프님이 만들어주는 것은 무엇이든지 다 드실 수 있다고 하셨어요.

두 번째 환자분은 71세 할머니예요. 아들 며느님과 함께 살고 교회에도 나가는 독실한 신자분이세요. 6년 전 폐암 진단을 받고 오른쪽 폐를 절제하셨어요. 잘 지내다가 2010년 6월 다시 왼쪽에 전이가 되었는데, 척추 뼈 쪽으로 전이되어 힘들어하다가 약으로 그런대로 조절하고 계십니다.

이분은 식사는 잘하세요. 입맛이 없어 입맛 나는 약을 들면서 식사를 하고 계세요. 이분도 생선이나 야채를 좋아하고, 매운 것은 아마 세 분 다 좀 힘들어하실 것 같아요. 아드님이 음악을 하는 분이라고 해서 이벤트를 부탁드렸는데 어떻게 될지는 아직…… 일단은 피아노 치면서 노래를 불러달라고 부탁을 드려놓은 상태입니다. 가리는 음식은 없어요.

세 번째 환자분은 71세 할머니이고, 위암 환자입니다. 2년 전 진단을 받았는데 수술은 못하셨고, 항암 치료를 한 차례 받은 후 고생이 심했는지 그 후 항암 치료는 받지 않고 지금까지 지내온 분이에요. 안나 수녀님 어머님이에요. 음식은 다 잘 드시고, 이분 또한 생선이나 야채에, 국수 종류도 좋아하십니다.

환자분은 이렇게 세 분이고요. 수녀님 가족 세 분과 다른 가족 다섯 분, 동행하는 봉사자, 이렇게 모두 열한 명에서 열두 명 정도 될 것 같아요. 그리고 이벤트로 부모님께 꽃다발 선물을 하도록 세 분 가족 모두에게 제가 살짝 말씀을 드렸습니다. 11시 30분 즈음에 도착해서 정리를 하고 12시 즈음에 꽃다발 선물도 하고 음악을 들려주면서 식사를 하면 어떨까 하는데요, 다른 좋은 아이디어가 있으면 연락 주세요. 금요일에 뵙겠습니다."

숲에 들어온 뒤 나 또한 더디게 오는 첫봄을 기다리고 있을 무렵 받은 편지였다. 내가 머물고 있던 숲은 전화 통화가 안 되는 곳이라서 가끔 읍내로 내려가야만 이메일 확인도 하고 전화 연락도 할 수 있었다. 다른 일로 산에서 내려가는데 수녀님에게서 전화가 왔다.

“수녀님, 안녕하세요! 제가 마침 산에서 내려오는 중인 걸 어떻게 아셨어요?”

“뭐라구요? 왜 산에 계세요?”

나는 카페 일을 마무리한 것이며 숲으로 들어오게 된 것이며…… 그동안의 일들을 얘기하고 이제 서울은 가끔씩 가게 되었다고 말했다.

봄으로 접어드는 무렵 수녀님은 겨우내 갑갑해하던 환자들을 식사 나들이에 초대하고 싶어서 메일을 보내고 확인 전화를 했던 것이다. 당연히 나는 거절하지 않았다. 나는 숲에 들어왔지만 카페는 그대로 운영되고 있어서, 나는 암 환자 가족을 그곳으로 초대하기로 하고 1박 2일의 시간을 내 서울로 향했다.

수녀님이 보낸 사연을 읽고 환자들의 식단을 계획하면서, 예전에 마지막 밥상을 차려드릴 때와는 또 다른 생각들이 들었다. 도시에 살 때와 자연 속에 살며 깨닫게 된 것들이 많아진 뒤의 감정은 뭔가 달랐다. 생명에 대한 벅찬 감동이랄까 애틋함이라고나 할까, 뭐라고 말로 형용하기 어려운 감정들이 더 많이 묻어났다.

이번 식사는 생명에 대한 존귀함과 애틋함을 담아 아름다운 이별을 준비하도록 해보고 싶었다. 나는 수녀님께 자녀들이 병든 어머니에게 전할 편지와 음악, 그리고 마음의 선물꾸러미를 준비했으면 좋겠다고 말했다. 86세 할머니를 위한 밥상은 더욱 마음 담아 준비하고 싶었는데, 할머니의 건강이 갑자기 나빠져서 아쉽게도 당일 식사에는 함께하지 못했다. 나중에 그분 댁에라도 찾아가 밥상을 차려드리려고 했지만 그것도 뜻처럼 되지 않았다. 할머니가 곧 영원한 곳으로 떠나셨기 때문이다.

그날 참석한 모든 분들은 함께 식사를 하며 도란도란 이야기꽃을 피웠다. 서로 인사를 나누고 자녀들이 미리 준비한 편지를 읽는 시간도 가졌다. 한 아들은 기타를 가져와서 어머니가 평소 좋아하는 찬송가를 불렀는데, 찬송가를 듣는 내내 어머니의 눈에는 눈물이 그렁그렁 고여 있었다.

결혼을 반대해 마음의 상처를 받았던 며느리가 아픈 시어머니께 드리는 편지로 마음을 고백하기도 했다. 시어머니를 모시고 살면서 그 마음이 항상 편하기만 했을까! 하지만 그날의 자리는 머지않아 떠날 시어머니와 화해하고 용서하는 자리였다. 며느리와 시어머니는 서로 부둥켜안고 그동안의 섭섭했던 것들을 다 잊자며 울었다.

또 다른 한 가족은 사연이 깊어 보였다. 딸과 어머니 사이에 왠지 서먹함이 엿보였는데, 알고 보니 수녀님이 특별히 딸에게 꼭 참석을 바란다고 당부했다고 한다. 이번 기회야말로 어머니와 화해할 수 있는 귀한 시간이 될 것 같다는 말과 함께. 딸은 편지를 어머니에게 전하고 식사를 하면서 조용조용 이야기를 나누었다. 처음과 달리 어머니 얼굴이 훨씬 편안해 보였다.

그날은 진정으로 화해와 용서의 날이었다. 음식을 나누는 가족들의 얼굴에서 하나같이 기쁨과 평화의 기운이 감도는 것을 나는 확연히 느낄 수 있었다.

식사를 마치고 나는 다시 산으로 돌아왔다. 며칠 뒤, 잠깐 읍내로 나가 이메일을 열어보니 수녀님의 편지 한 장이 도착해 있었다.

"지난번 식사는 정말 좋았습니다! 우리가 한 자리에 모여서 화해와

용서를 나누고 서로에 대한 깊은 사랑을 확인할 수 있었으니까요. 셰프님을 만난 것은 저에게 크나큰 축복임을 다시 알게 해주신 시간이었지요! 작은 것 안에서도 더욱 큰 것을 느끼게 해주어 마음이 얼마나 따뜻했는지 몰라요. 그날 참석했던 한 가족은 그 자리에서 엄마와 딸의 마음이 풀려 제 마음도 한결 좋았어요. 그날 딸의 편지가 얼었던 엄마의 마음을 녹여주어서 얼마나 감사하던지요……

그렇게 서로의 마음을 나누다 보니 이젠 환자가 전과 달리 아프다는 표현도 잘하고 도움도 기꺼이 받으려고 해서 저도 방문하기가 한결 수월해졌어요. 마음의 응어리가 풀어지는 것은 이렇게 한 순간인데 쌓이는 것은 왜 그리 많은지……

함께 갔던 다른 환자분은 요즘 상태가 안 좋아지고 있어요. 그날보다 더 숨이 차기도 하고 누워 있는 시간도 길어지고요. 하지만 그날 초대받아서 가족이 함께 노래 부르고 음식을 나누며 느꼈던 사랑이 마음에 남아 있어서 그런지 며느리와의 관계가 많이 가까워졌어요! 아픈 시어머니 모시기가 참 힘든데 이제는 같이 있어서 행복한 집이 됐어요! 아드님이 사업을 한다고 밖에 있는 시간이 많았는데 그날은 시간을 내서 모시고 오고 또 노래도 부르고 많은 걸 함께하니 참 행복했다고 그러시더라고요! 이분은 빨리 하느님 앞으로 가는 게 소원이세요!

이젠 두터운 땅을 헤집고 생명이 나오는 정말 아름다운 계절입니다. 좀 한가해지면 그곳에 가려고 했는데 환자가 많아져서 꼼짝 못하게 되었네요! 그래도 계속 꿈을 꾸고 있어요! 그러면 봄이 다 가기 전에 한 번 더 갈 수 있을 것 같아서요.

건강 조심하시고 자유로운 영혼이 되신 것에 대하여 진심으로 축하드립니다. 알고 계시지요? 제가 셰프님 팬이라는 거! 정신없는 글 읽으시느라 고생하셨고요. 필요한 것 있으면 언제든지 콜 하세요! 저도 그럴 거니까요! 셰프님이 계셔서 항상 행복한 수녀가."

수녀님의 편지는 내 마음에 큰 평안을 주었다. 다시 숲으로 돌아가면서 나는 마음의 편지를 날려 보냈다. '모두가 행복하셨다니 저야말로 참으로 행복한 요리사인 걸요. 수녀님!'

사랑의 묘약, 단추 수프

열여섯번째 이야기

15년 전, 봉사자로 막 첫걸음마를 떼고 나서 아직 어린아이처럼 서투른 발걸음만 하고 있을 무렵이었다. 여느 때와 다름없이 병실을 하나씩 돌면서 문을 열고 인사를 했다. "안녕하세요! 음악 봉사하는 사람이에요. 혹시 듣고 싶거나 불러보고 싶은 곡 있으면 말씀해 주세요." 그 중 한 방을 들렀을 때였다. 방 안에 환자가 보이지 않았다. 빈 방인 줄 알고 나가려는데 방 한쪽 끝에서 아주 작은 소리가 들렸다.

"네에…… 말씀 들었……어요."

가만히 들여다보니 방바닥에 깔린 매트리스 위에 몸집이 작은 환자가 엎드려 있었다. 고개를 숙인 상태로 떠듬떠듬 겨우 말을 이었다.

"바닥으로 내려와 계신지 몰랐어요. 죄송해요!"

인사를 나누면서 비로소 환자를 제대로 볼 수 있었다. 남자 환자였는데, 나이를 가늠하기 어려웠다. 척추 장애 때문에 제대로 눕지 못하고 엎드려 있었던 건데, 말을 할 때마다 온몸이 심하게 뒤틀렸다. 평생을 지체장애인으로 살다가 암세포가 온몸에 퍼졌고, 급기야 호스피스 센터에 들어와 삶의 마지막 시간을 보내고 있다고 했다.

호스피스 센터에서는 환자들이 몸을 움직일 수 있으면 운동삼아 식당으로 내려와 식사를 하도록 했다. 환자들은 식당에 둘러앉아 자신의 병이나 살아온 이야기들을 주거니 받거니 하면서 서로 위로를 하기도 하고 말동무가 되어 식사하는 그 시간만이라도 잠시 아픔을 잊을 수 있었다. 하지만 척추 장애로 거동이 불가능한 그 환자에게는 그런 시간조차 허락되지 않았다.

그분은 엎드린 채로 곰곰이 생각하더니 몇 곡을 청했다. 그러고는 내가 연주하는 내내 마치 음악으로 외로운 마음을 달래려는 듯 조용히 듣고 있었다. 그때 내 나이가 지금 정도만 되었더라도 훨씬 여유 있는 모습으로 그분과 이야기를 나눌 수 있었을 것이다. 음악만 해왔지 아직 세상 경험이 별로 없던 그 당시의 내가 평생 외롭고 힘들게 살아온 분들과 삶을 얘기한다는 것은 지금 생각해 보면 정말 귀여운 일이 아닐 수 없었다. 하지만 환자들은 그런 나에게 많은 얘기를 쏟아냈다. 살아온 이야기를 그저 들어줄 정도밖에 안 되는 나 같은 사람마

저도 그리웠던 걸까?

점심 식사 시간이 되어 나는 그분의 밥을 가득 담아 들고 식사를 도우러 들어갔다.

"식사 가져왔어요! 점심 드세요."

나는 바닥에 수건을 깔고 그분의 식사를 준비했다.

"저…… 지금 먹고 싶지 않아요. 옆에 놔두시면 제가 나중에 알아서 먹을게요."

나처럼 띄엄띄엄 찾는 봉사자는 그저 그날 가장 형편이 좋지 않은 분을 찾아가서 일시적으로 뭔가 도와주는 정도의 일만 할 수 있을 뿐 환자가 진정으로 원하는 것이 뭔지 잘 알지 못했다. 환자에 대해 어느 정도 알 만해진다고 해도 일주일 뒤 찾아가면 이미 세상을 떠나 있는 경우가 많았다. 그러니 환자가 어떤 도움을 원하는지 조목조목 묻지 않고 돕겠다는 마음만 앞세우면 오히려 불편을 주는 경우가 적지 않았다.

하루 종일 엎드려 지내는 이분도 뭘 원하는지 잘 몰라, 나는 그저 식사를 잘못 가져왔나 싶어 식당으로 다시 가서 물어보았다. 그러자 식당에 계신 분께서 "그분은 식사를 조금만 하기 때문에 갖다놓으면 알아서 드신다"고 했다. 노상 엎드려 있는 형편이라 식사량이 많으면 힘들어한다는 것이었다. 나는 다시 그분의 병실로 향했다.

"아침도 안 드신 것 같은데 배고프면 말씀하세요. 따뜻한 국물이라도 다시 갖다드릴게요."

"저어…… 호옥시…… 간호사니임이나 다르은 보옹사자 분 안 계시나요?"

다급한 듯 힘든 표정을 지어가며 알아듣기 어려운 말을 쏟아냈다.

"왜 그러시는지 저한테 말씀하셔도 돼요."

주저하는 듯 보이더니 금방 아무것도 아니라며 다시 말을 했다.

"봉사자님, 저 혹시 몇 살이신지 물어봐도 될까요? 난 서른여섯 살인데……"

뜬금없이 나이는 왜 물어보나 하는 생각에 잠깐 오해를 하고 방에서 나오려는 순간, 그분이 나를 불러 세웠다. 다시 말을 더듬으며 자기 얘기를 들어달라고 했다. 뭔가 부탁할 게 있어 보였다.

어린 시절 고아원과 장애 시설에서 지내다가 어느 날 자신을 보니 1급 장애자에 버림까지 받아서 부모가 누구이고 가족이 있는지 없는지도 모르는 신세더라고 했다. 성인이 되어서는 거리에서 구걸도 했고…… 암 진단을 받은 뒤에는 예전에 머물던 장애 시설 원장님의 돌봄을 받다가 이곳 호스피스 센터로 오게 되었다고 했다. 그 이야기를 아마 30분도 더 걸려서 말했던 것 같다. 그분이 힘들게 말을 이어갈 때마다 듣고 있던 나까지 몸에 힘이 쥐어졌다. 이야기하는 중간에도 그분은 계속 다른 봉사자를 찾는 눈빛으로 방문 밖을 힐끔힐끔 내다보곤 했다. 그런 행동이 나는 그냥 습관이거니 하고 생각했다.

한참 지나 약을 들고 간호사가 들어서자 그분은 반색을 하며 작은 소리로 간호사에게 뭔가 말을 했다.

"봉사자님! 잠깐 밖으로 나가주실래요?"

간호사는 커튼을 치더니 내게 슬쩍 다가와 말했다. 환자가 급하다며 볼일을 보고 싶어한다는 것이었다. 그제야 그분이 왜 나이를 물었는지, 그리고 왜 자기 얘기로 화제를 돌렸는지 알 것 같았다. 도움을 받아보려고 했지만 나이가 젊은 여성 봉사자에게는 그런 부탁을 하기가 쑥스러웠던 것이다. 생리 현상을 참으며 얼마나 고통스러웠을까?

당장 내 도움이 필요했음에도 내게 뭔가를 편히 부탁할 수 없을 만큼 그때 나는 부족하고 어리숙하기만 했다. 누군가를 돕는 일이 자기만족이 되지 않기 위해서는 나는 겉껍질을 더 많이 벗어야 했다. 하고 싶은 거 다 해보고, 먹고 싶은 것 다 먹고, 부족함 없이 살아오면서 형성된 삶에 대한 태도나 관념들을 그대로 지니고 있는 한 봉사란 한갓 나의 이기심을 채우는 행위일 뿐이라는 생각이 들었다.

돌아보면 말기 암 환자들과의 만남은 내가 얼마나 나만의 세계 안에 갇혀 있었는지, 다른 사람들의 고통에 대해 그리고 그들과 소통하는 법에 대해 얼마나 무지했는지 일깨운 소중한 배움의 시간이었다.

내가 방을 나갔다 온 사이 환자는 볼일을 해결하고 한결 가벼운 표정으로 누워 있었다.

"오늘 반찬이 맛있는 거니까 많이 드세요!"

암 환자들은 조금이라도 입맛이 돌 때 잘 먹어야 한다. 체력이 떨어지면 무척 힘들어지기 때문이다.

"아니에요. 조금만 주세요! 많이 먹으면 볼일 보는 것 때문에…… 그것이 가장 두려워요. 이곳에 계신 분들께 뒷일을 부탁드리기가 죄송해서요."

"그런 생각은 잘못된 생각인 것 같네요! 배고픈데 뒷일 때문에 안 먹는다면 저희 봉사자들이 왜 오겠어요?"

그렇게 말은 했지만 만약 내가 그분이었더라도 그런 생각을 하지 않았을까 싶었다. 뒷일을 본다는 건 인간에게 아주 기본적인 활동인데 스스로 해결할 수 없다면 자신이 얼마나 무기력하게 느껴질까! 얼마나 서러울까!

점심 식사를 마치고 나더니 그분이 조심스럽게 나에게 부탁이 있다고 했다.

"아까 말씀드린 장애 시설 원장님께 마지막으로 제 마음을 담은 선물 하나 해드리고 싶은데 어떤 게 좋을까요?"

"음…… 카드에 감사 편지를 써서 보내는 것은 어떨까요? 제가 도와드릴게요."

그분도 좋다고 했다. 나는 그분이 말하는 내용을 그대로 받아써 주고 나서는 편히 지내시라는 인사를 하고 병실에서 나왔다. 집으로 돌아오는 내내 그분 생각에 마음이 짠하고 편치 않았다. '아마도 친구가 되어주길 바랐을 거야! 더 많은 얘기를 나눌 걸…… 다음 주에 가서 산책을 권해봐야겠어.'

일주일 뒤 호스피스 센터에 도착하자마자 맨 먼저 그분의 방에 들렀다. 그러나 그분은 보이지 않았다. 침대에는 다른 분이 누워 계셨다. 깜작 놀라 사무실로 달려갔다.

"혹시 302호 환자분, 다른 곳으로 옮기셨어요?"

"아뇨. 그분 이틀 전에 소천하셨어요."

역시 그분의 마지막 시간도 나를 기다려주지 않았다.

"혹시 장애 시설 원장님은 오셨나요?"

"네. 주변에 아무도 안 계셔서 원장님께 전화 드렸더니 오셨어요. 그리고 편지를 직접 전해드렸는데, 봉사자님이 대신 써주셨다면서요? 말씀하시더라구요."

그래도 이번 주까지는 살아계실 줄 알았는데…… 뒷일 때문에 맘껏 먹지도 못한 그분이 너무나 가여웠다. 나는 이제라도 그분이 평생 펴 보지 못한 다리와 허리를 꼿꼿이 펴고 편안한 잠에 들 수 있기를 마음 속으로 기원했다.

요리사가 된 지금 간절하게 그리운 이 가운데 한 사람이 바로 그분이다. 그분이 생각날 때마다 장애 시설 원장님과 함께 '삶의 마지막 축제'에 초대해 차려드리고 싶은 요리가 있다. 바로 오브리 데이비스의 〈단추 수프〉라는 동화에 나오는 요리들이다.

잘 알려지지 않은 이 동화의 이야기 속으로 잠시 들어가 보자. 눈보라가 치는 한겨울 추위 속에서 남루한 거지 한 명이 어느 마을로 들어선다. 사람들의 자선을 기대했던 거지는 마을 사람들에게 멸시를 당하고 쫓겨날 지경이 되자 한 가지 지혜를 짜낸다. 단추 하나로 온 마을 사람들이 먹을 수프를 끓일 수 있다는 소문을 퍼뜨린 것이다. 사실 이는 각박한 마을 사람들로부터 먹을거리를 얻기 위해 짜낸 이야기였다. 그러나 마을 사람들은 맛있는 수프를 먹을 수 있다는 거지의 말에 넘어가 자신들이 가지고 있는 재료를 하나씩 내어놓는다.

드디어 마을 사람들과 함께 '단추로 만든 수프'를 나누어 먹는 날! 식탁 위에는 마치 마술처럼 식빵과 삶은 감자, 구운 닭, 포도주까지 올라와 있다. 마을 사람들은 아코디언과 바이올린을 가지고 와서 노래를 부르고 춤을 추며 축제를 벌인다. 풍성한 먹을거리 앞에서 차가운 마음이 따뜻하게 녹아내린 마을 사람들, 사랑의 기적이 일어난 것이다. 거지가 떠난 뒤 마을 사람들은 수프를 끓일 때 꼭 필요한 것은 단추가 아님을 깨닫게 된다. 그리고 힘들고 어려운 삶들을 서로 도우면서 아름답게 살아간다.

피붙이도 외면한 한 생명을 사랑으로 안아주었던 장애 시설 원장님과 버림받고 아픈 몸으로 힘들게 살아온 그분을 동화 속 주인공으로 정하고, 동화 속에 나오는 요리를 차려 그분이 초대하고 싶은 사람들과 함께 나누는 '삶의 마지막 축제', 그 축제를 성대히 열어드리는 상상을 해본다. 요리 제목은 '사랑의 묘약, 단추 수프!'

영원히 채워지지 않을 정도로 무한한 그릇에 부모님의 사랑이 담긴 요리를 차려낸다. 먼저 수프는 프랑스 식 맑은 장 국물인 콘소메로 한다. 쇠고기와 여러 가지 채소들, 거기에 하수오 약초를 함께 갈아내 은근한 불에 서서히 익힌 뒤 맑은 장국만 추출한 것이다. 빛깔이 살아있게 살짝만 익힌 당근과 무에 작은 단추 구멍을 내어 쪽파로 엮어 수프 위에 띄운다.

다음으로 통밀을 갈아 당귀 막걸리로 반죽한 뒤, 참나무 장작으로 화덕에서 구운 따끈한 빵을 곁들인다. 메인 요리는 자연에서 키운 오골계를 이용한 훈제 약 닭 요리이다. 여러 가지 야생 나물과 약초 뿌리, 산양 치즈소스로 속을 채워 사과나무 향이 가득하게 익힌 훈제 오골계 닭 요리이다.

거기에 고산지에서 재래종 씨앗으로 키워낸 토종 감자 요리에 말린 야생 효소 열매들을 뿌려서 내고, 야생의 어린 도토리와 밤, 잣, 대추, 참개암 열매 들을 넣어 지은 밥과 된장에 무친 나물 반찬들을 곁들여 낸다. 마지막은 야생 머루로 담근 빛깔 좋은 산머루 주를 내어 축배를 든다.

그리고 가장 중요한 의자! 그분의 신체 조건에 맞게 편안하게 앉을 수 있도록 맞춤 제작을 한다. 그분의 맞은편에는 장애 시설 원장님이 앉는다. 그 주변에 나머지 사람들이 앉는다. 모두 함께 단추 수프와 다른 요리들을 먹으면서 한마음으로 사랑의 춤을 추고 노래를 하면서 축제의 한마당을 벌인다. 노래와 합창이 모두 끝날 무렵 포옹과 함께 마지막 인사를 나눈다.

상상 속에서는 무엇이든 가능하다. 그러니 차릴 수 있는 한 가장 성대한 축제를 벌여본다. 하지만 아쉽게도 그 두 분을 위한 '사랑의 묘약, 단추 수프'는 현실에서 차려드릴 수가 없다. 오직 내 마음속에만 가능할 뿐!

가끔씩 숲 속 연구실 옆에 높다랗게 자라 있는 층층나무의 단단한 가지 위에 올라앉아 혼자 읊곤 하는 시가 있다. 이해인 수녀의 〈잎사귀 명상〉이라는 시이다. 오늘 그분께 이 시를 읽어드리고 싶다.

꽃이 지고 나면
비로소 잎사귀가 보인다.
잎 가장자리 모양도
잎맥의 모양도
꽃보다 아름다운
시가 되어 살아온다.

둥글게 길쭉하게
뾰족하게 넓적하게

내가 사귄 사람들의
서로 다른 얼굴이
나무 위에서 웃고 있다.

마주나기잎 어긋나기잎
돌려나기잎 무리지어나기잎

내가 사랑한 사람들의
서로 다른 운명이
삶의 나무 위에 무성하다.

열일곱 번째 이야기

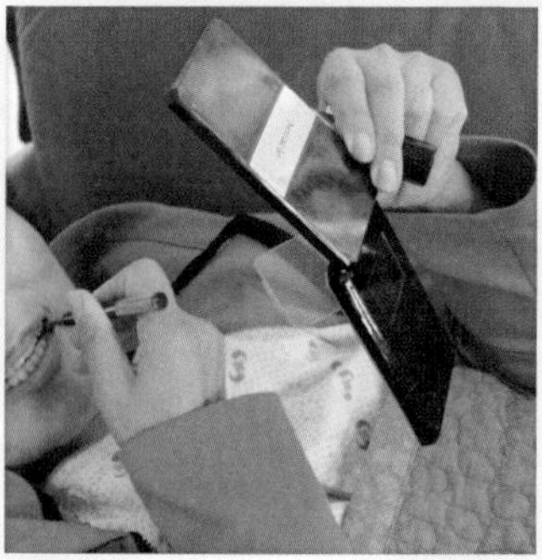

미안해, 그리고 사랑해 줘서 고마워

숲에 들어간 지 얼마 안 되던 때였다. 이른 봄기운을 알리는 숲에는 벌써 몇몇 야생 나물들이 언 땅을 뚫고 쏙쏙 돋아나고 있었다. 며칠 만에 산에서 내려가 이메일을 확인해 보니 강릉 갈바리호스피스병원 의사 선생님으로부터 소식이 와 있었다. '삶의 마지막 축제'를 부탁하는 내용의 이메일이었다.

나는 곧바로 의사 선생님과 통화를 하고 약속을 잡았다. 그런데 방문하기로 약속한 하루 전날, 신청했을 때만 해도 환자의 상황이 그리 나쁘지 않았는데 갑자기 증세가 악화되었다며 만남을 연기하자는 연락이 왔다. 나는 마지막 밥상을 차려드릴 수 없게 되는 건 아닌가 싶어 마음이 영 좋지 않았다. 나의 생활 철학을 "생각났을 때 미루지 말고 지금 당장 하자!"라고 정한 것도 오랫동안 호스피스 봉사를 하면서 얻은 지혜의 결과이다.

며칠이 지나 의사 선생님에게서 다시 연락이 왔다. 상태가 좋아지기를 무작정 기다리는 것보다는 조금이라도 기력이 있을 때 그런 시간을 갖고 싶다고 환자가 원했다는 것이다. 그분과의 인연은 그렇게 시작되었다.

구불구불 산길을 타고 호스피스 병원을 향해 가면서 식물 치유 음식에 대한 꿈을 품고 공부해 온 시간들이 머릿속을 스쳤다. 인위적으로 재배되지 않은, 그야말로 자연에서 저절로 나고 자란 식물로 만든 메뉴를 선보일 수 있다는 사실이 기쁘기도 했다.

나는 죽음을 앞둔 이가 기대했던 바로 그 요리를 대접할 수 있기를 늘 바라왔다. 그런 요리라야 몸과 마음을 치유하는 요리가 될 터였다. 그러려면 환자가 어떤 음식을 원하는지, 먹을 수 있는 상태는 어떤지 천천히 얘기를 나누면서 들을 필요가 있었다. 그 얘기를 들어보러 가는 길이었다.

호스피스 병원은 한적한 곳에 평온하게 자리 잡고 있었다. 그곳의 분위기처럼 의사 선생님과 수녀님들도 조용하고 평안해 보였다. 우리는 함께 축제의 주인공이 될 분을 만나기 위해 병실을 찾아갔다. 오십대 중반쯤 되었을까, 단아한 모습의 부인이 엷게 미소를 지으며 반갑게 맞아주었다. 썩 좋은 상태가 아니라고 들었는데 다행히도 힘든 상황은 넘긴 듯 보였다.

"안녕하세요? 삶의 마지막 축제…… 의논드리려고 왔어요."

그분은 삶의 마지막 축제에 대해 이미 설명을 들어 잘 알고 있다고 했다.

"처음에는 삶의 마지막 축제의 '마지막'이란 말에 좀 거부감이 들었어요……"

그분은 무릎에 드러난 종양을 숯을 이용해 직접 치료중이었다.

"죄송해요. 숯 반죽도 그렇고 내 손으로 해야 덜 아파서요. 내 성격은 까칠하지 않은데, 내게 난 상처는 너무 까칠하네요."

종양이 얼마나 아픈지 자신의 손으로 하는 게 조금 더 편하다고 했다.

"전 괜찮으니까 천천히 하세요."

"혼자 이걸 할 수 있는 날도 이제 얼마 남지 않은 것 같아요."

그녀는 무척 힘들게 말을 이었다. 얼마쯤 기다렸을까, 주변을 모두 정리하고 나서 그분이 말했다.

"그러다가 성경에 나오는…… 예수님의…… 최후의 만찬을 생각했어요!"

그분이 그렇게 마음을 열어 보여준 덕분에 우리는 '삶의 마지막 축제'에 관해 속 깊이 진지한 얘기를 할 수 있었다.

"마지막이란 말이 서글프게 들리겠지만 새로운 시작의 의미로 생각할 수도 있어요. 남겨진 이들에게는 누군가를 보내는 마지막이겠지만, 떠나는 이에게는 새로운 시작이잖아요. 영원한 길로 가는 시작 말이에요. 시작의 길을 떠나는 이가 초청하는 축제라고 생각하시면 어떨까요? 의미 있는 축제가 될 거예요."

그런 얘기를 하기가 쉽지 않았지만, 그분은 이미 죽음이 끝이 아니라는 것을 알고 계셨기에 나는 훨씬 편한 마음으로 그렇게 말씀드릴 수가 있었다. 그러면서 어떤 종교를 가지고 있든지 성숙한 단계의 모습은 바로 이런 모습이 아닐까 싶었다.

말을 잇는 것 자체가 무척 힘들어 보였지만 그분은 쉬엄쉬엄 많은 이야기를 들려주셨다. 공기 좋은 곳에 살면 병이 나을까 싶어 남편이 시골에 열심히 집을 지었다는 얘기하며, 식이요법을 한다고 가족들이 야채만 먹어야 했던 얘기, 그런 게 모두 자신만을 위한 이기적인 일들 같아 두고두고 미안했다는 얘기…… 그동안 살면서 마음에 담아두었던 일들을 하나하나 꺼내어 마치 정리라도 하듯 차분히 말을 이어가는 모습에서 그분의 애틋한 마음이 읽혔다. 특히 첫째며느리가 결혼 직후 바로 시어머니 병간호부터 하게 돼 미안하다며, 생각이 깊은 며느리한테서 자기가 오히려 의연함을 배웠다고, 변변한 밥 한 끼 못해준 미안함을 이번 기회에 전하고 싶다는 말도 했다.

"어린 시절 까르르 함께 웃고 놀던 친구들도 초대해서 그 시절을 추억하고도 싶네요. 그리고 언니, 오빠들, 조카들과도…… 병든 나를 찾아와서 함께 정을 나눠준 고마운 동네 이웃들과 호스피스의 선생님들 모두……"

그녀의 한 마디 한 마디에는 사랑이 가득 담겨 있었다.

"이젠 많은 말 중에 '고맙습니다, 감사합니다'라는 말밖에 생각이 안 나요!"

그동안 암 치료를 하면서 마음의 상처도 컸을 터였다. 그럼에도 얘기를 들려주는 그분의 얼굴은 밝기만 했다. 그러면서도 마음속 한 가닥 불안을 감추지 못하고 이렇게 내비치기도 했다.

"건강이 그날까지 허락하지 않으면 어떻게 하죠?"

비록 걱정이 담긴 말이긴 했지만, 마치 어릴 적 소풍 가기 전날에 '소풍 날 비오면 어쩌지?' 하고 걱정하는 아이처럼 천진난만한 표정으로 물었다. 그도 그럴 것이 며칠 전 몸 상태가 나빠져 조직 검사를 다시 해보았더니 온몸에 암세포가 퍼져서 더 이상 손쓸 방법이 없다는 진단을 받았단다.

"이럴 땐 그저 하늘의 섭리에 맡기는 것이 최선이에요!"

나는 그녀의 걱정이 조금이라도 잠재워지기를 바라며 싱긋 웃었다. 환자를 위해 '삶의 마지막 축제'를 대신 신청해 준 담당 의사 선생님도 "그날을 위해 건강 상태를 최고로 유지할 수 있도록 최선을 다할게요! 모두 힘내세요!" 하고 응원의 말을 해주었다. 환자의 기대하는 마음이 몸 상태를 더 낫게 하는 결과를 가져올 수 있다고도 했다. 이렇게 여러 사람의 마음과 손길이, 마지막까지 행복한 시간을 보낼 수 있게 하기 위해 하나로 모아졌다.

삶의 마지막 축제는 단순히 음식만 함께 먹는 이벤트가 아니다. 사랑하는 사람들과 함께 음식을 나누면서 다소간이라도 마음의 치유가 이루어졌으면 하는 바람으로 차려지는 밥상이자 화해와 사랑의 장이다. 남은 가족들에게는 먼 훗날 아름다운 추억으로 기억될 것이고, 떠나는 분에게는 가슴에 담아두었던 마지막 이야기들을 털어놓는 좋은 기회가 될 수도 있을 것이다.

축제의 주인공인 중년의 그 부인은 특별히 고통스런 삶을 살아온 분은 아니었다. 평범한 주부로 살다가 어느 날 맞닥뜨린 암 때문에 어쩔 수 없이 아내와 엄마의 역할을 내려놓아야 했다. 그래서인지 그토록 가족들을 위한 음식을 원했는지 모르겠다. 아마도 그녀는 용서와 감사, 사랑…… 이런 것들을 음식에 가득 담고 싶었던 것 같다.

남편은 아내를 위해 공기 좋은 곳에 정성들여 집을 지었다고 했다. 그런데 그 즈음부터 병이 더 악화되어 지금까지 한 번도 그 집에 가보지 못했다고 아쉬워했다. 어쩌면 삶의 마지막 축제를 하는 그날이 그곳에 가볼 수 있는 마지막 기회가 될 것 같다며 그날의 행사를 가능하면 그곳에서 하고 싶어했다. 그의 말을 들으면서 나는 문득 '집들이'라는 단어가 떠올랐다.

그래, 집들이를 겸한 축제를 하는 거다! 우리는 우선 초대할 분을 열 명 정도로 하기로 정하고, 어떻게 축제를 진행할 것인지, 어떤 메뉴의 음식들을 장만할지 계획을 잡아갔다. 그리고 나는 다시 숲 속 연구실로 돌아왔다. 사실 그분의 건강 상태로 보아 일주일 후에 축제를 열 수 있다는 확신은 없었다. 그렇지만 간절히 원하면 이루어질 거라는 생각을 하면서 먼저 그분을 위한 기도부터 했다.

매번 놀라는 것이지만, 겨우내 언 땅을 뚫고 나오는 파릇파릇한 생명의 힘은 어디서 나오는지 참으로 신기하기만 했다. 아직 때가 조금 이르다 싶었지만, 야생 나물로 이것저것 요리를 해보기로 했다. 그러고는 거의 매일 그분의 상황을 알아보기 위해 숲에서 전화가 터지는, 차로 30분 거리의 마을로 내려와 병원에 전화해 안부를 물었다.

'집들이'라는 말이 그분을 몹시 설레게 했나 보다. 단출하게 가족

서너 명 포함해서 모두 열 명 정도 참석시키자는 처음 계획과는 달리, 친구와 형제 등 한 사람 한 사람 초대하고 싶은 사람이 자꾸 늘어나서 미안하다는 말을 전해왔다. 나는 그녀를 대신해서 아내와 엄마의 마음을 담은 음식들을 부지런히 준비했다. 죽음을 앞둔 이가 기대하는 바로 그런 요리를 대접할 수 있다니, 호스피스 요리사로서 가장 보람 있는 자리가 될 터였다. 아무쪼록 그분이 살아있는 동안 할 수 있는 모든 얘기 보따리가 그 자리에서 풀어지길 바라며, 나는 이른 봄의 생명을 담아낸 레시피들을 차곡차곡 준비해 갔다.

'남편에게 전하는 아내의 마음을 담은 요리로는 강원도 특산물인 메밀을 이용한 요리에 도시적인 맛의 소스를 곁들인 것이면 어떨까? 첫째아들과 사려 깊은 며느리를 위해서는 은은한 야생 과일 향처럼 시어머니의 사랑이 기억되는 재료로 하자. 아! 올 봄 야생 열매로 만든 된장을 이용한 소스로 세련된 샌드위치를 만들면 좋겠어. 씹을 때마다 입속에서 퍼지는 은은한 향기는 엄마의 사랑을 기억하게 하겠지? 둘째아들에게는 먼저 떠나게 돼 미안하고 가슴이 미어진다는 엄마의 마음이 담긴 요리를 해보자. 나중에라도 요리와 함께 엄마를 늘 곁에 있는 것처럼 기억하게 해줄 만한 게 뭘까? 유난히 고기를 좋아한다고 육류 요리를 특별히 부탁했는데, 둘째아들을 위해서는 엄마의 손맛이 느껴지도록 쇠고기와 야생 나물들을 쌈으로 싸먹게 하는 건 어떨까?'

그분은 자신이 먹을 수 있는 건 미음 정도가 다라며 자기를 위해서는 묽은 음식이면 뭐든지 좋다고 했다. 그날 "집 앞 산에 흐드러지게 돋아난 냉이도 캐보고 싶어요!"라며 아쉬워하던 그분의 얼굴이 떠올랐다. '맞아. 아쉬움을 달래줄 야생 냉이를 넣어 냉이된장국도 해야겠다! 그리고 기력을 회복하는 데 돼지감자가 최고라던데……' 여기에 생각이 미치자 나는 바로 가까이에서 야생 감자를 자연 농법으로 재배하는 곳으로 쪼르르 달려갔다. 가치에 비해 가격이 저렴해서 여러모로 훌륭한 재료였다. 얼마나 만족스럽던지.

이제 디저트만 남았다. 그날의 주인공은 말기 암 환자이다. 그분이 못 먹는 요리를 하고 싶지는 않았다. 디저트를 포함해서 두세 가지 더 추가하기로 하고, 하루 전날 종일 음식들을 만들었다. 준비를 다 마치고 나니 요리의 주제가 떠올랐다. 바로 '봄 향기 가득한 아내와 엄마의 사랑'이었다.

그렇게 해서 만들어진 요리는 이랬다. 남편을 위해서는 통메밀을 직접 갈아 만든 건강식 쑥 메밀전병에 속을 채운 버섯과 치즈베샤멜 소스. 맏아들과 며느리를 위해서는 야생 열매로 만든 야생 열매 된장 소스와 닭 가슴살 샌드위치. 둘째아들을 위해서는 그윽하고 진한 산초의 향기처럼 엄마의 마음을 향기로 전하는 산초오일드레싱을 곁들인 쇠고기 산적과 야생 봄나물샐러드, 주인공인 그분을 위해서는 기력 회복을 위해 산야초 국물로 맛을 우려낸 야생 돼지감자수프. 손님들을 위해서는 맛있게 넉넉하게 먹을 수 있도록 이탈리아 요리지만 익숙한 것으로 준비하고 싶었다. 그래서 나온 것이 야생 달래를 곁들인 연두부샐러드에 야생 열매 간장드레싱, 그리고 야생 봄나물 토마토 펜네 파스타와, 디저트로 산딸기 향이 가득한 산딸기 효소의 판나코타.(산딸기 효소는 1년 전, 연구실을 마련하는 과정에서 적은 양이지만 채취해서 만들어놓은 것이 있었다.) 이렇게 모든 음식을 마련하고 나니 얼마나 뿌듯하던지, 그날의 흥분을 잊을 수 없다.

봄이라고 하지만 숲 속은 여전히 겨울 공기가 남아 있어 찬 기운이 돌았다. 난로에 불을 지피고 찬 손을 호호 불어가며 요리를 해야 했지만, 마음은 더없이 즐거웠다. 음식을 만들어 함께 사는 강아지 두 마리와 먼저 시식을 해보는데 나도 모르게 만족스런 웃음이 나왔다. 땅이 주는 최고의 선물들로 손님뿐 아니라 환자도 편하게 먹을 수 있도록 정성을 다해 요리했고, 오기로 한 분들의 수보다 조금 넉넉하게 준비했으니 충분할 것 같았다.

요리한 음식을 싸고 또 싸서 축제를 치를 집이 있는 강릉을 향해 길을 나섰다. 거의 다다랐을 즈음 그분한테서 연락이 왔다. 혹시나 하는 불안한 마음에 전화를 받자마자 먼저 말을 건넸다.

"잘 주무셨어요? 오늘 기분은 좀 어떠세요? 저, 지금 댁으로 가고 있어요."

"예…… 안녕하세요?"

전화기 속의 목소리는 그리 나쁘지 않았다. 오히려 살짝 들떠 있는 듯 느껴졌다.

"어떡하죠……? 식구들하고 큰오빠만 대표로 초대했는데, 밥 안 먹어도 좋다시며 다들 오시겠다네요. 동네 분들, 친구들까지……"

연신 죄송하다며 손님들은 거의 스물다섯 명쯤 되겠다고 했다. 순간 나는 적잖이 당황스러웠지만 이내 마음이 추슬러졌다. '만약 오늘이 내 삶의 마지막 축제라고 해보자. 만나고 싶은 사람이 어디 그 몇몇뿐이랴. 내가 죽고 없는 장례식이 무슨 소용 있으랴. 의식이 살아있을 때 만나서 인사 나누는 게 더 의미 있는 일일 테지.' 그렇다. 축제때는 손님들이 많이 북적여야 축제답다.

"괜찮아요! 그러실 줄 알고 넉넉히 준비했어요. 걱정 마세요! 즐거운 마음으로 이따 봬요."

혼자서 20인분 요리를 하는 것 자체는 그리 어려운 일이 아니다. 문제는 내가 머무는 숲 속 연구실의 열악한 환경이었다. 전기도 들어오지 않고, 물도 손수 길러 와야 했기 때문에 많은 양의 음식을 준비하는 데는 무리가 있었다. 원래 예정된 숫자보다 조금 넉넉하게 준비를 하긴 했지만, 스무 명도 넘는 손님들을 대접하기에는 모자랄 게 뻔했다. 생각이 여기에 미치자 슬며시 걱정이 일었다. '모자란 음식은 어떻게 하지?'

도착하자마자 일단 가져온 요리를 풀어 차리기 시작했다. 가만 보니 돼지감자수프의 농도가 짙게 나와서 농도를 조절하면 되겠다 싶었다. 부랴부랴 산야초 국물을 더 넣어 분량을 늘렸다. 냉이된장국에는 그 댁에 있는 쌀과 바지락을 넣어 냉이 된장 바지락 리조또를 만들었다. 그렇게 요리에 손길을 더하는 순간, 메뉴들은 마치 변주하는 음악과도 같은 요리가 되었다. 참 다행한 일이었다. 혹시나 해서 다른 요리들도 여분으로 가져간 야채를 더 넣어 양을 늘렸다. 남편 분도 떡과 음료를 준비해 놓았다. 손님들이 사온 이른 봄철 딸기는 디저트로 올려져 더없이 풍성한 식탁이 되었다.

남편 분이 평소에 얼마나 깔끔하게 살림을 했는지 그릇과 수저, 젓가락, 컵 어느 것 하나 손 갈 데가 없었다. 알고 보니 전날 밤을 새워 직접 닦아놓은 것이었다. 오랫동안 병원과 호스피스 센터에서 지낸 아내가 어쩌면 처음이자 마지막으로 새 집에 들어온다는데 얼마나 설레

었을까?

예상외로 커진 상황에 맞춰 정신없이 밥상을 차려놓고 보니, 언뜻 궁금증 하나가 머리를 스쳤다. '최후의 만찬은 누가 차렸을까? 물 한 동이 지고 가던 집주인이었을까? 아니면 집주인의 아내? 유월절 양고기는 잘 익었을까? 손으로 먹어야 했을 텐데…… 물도 귀한 그 시절, 손은 모두 함께 닦았을까? 각자 물을 떠서 닦았을까? 빵은 부족하지 않았을까? 혹시 고기 잡는 베드로가 생선을 좀 가져오진 않았을까?'

혼자서 엉뚱하고 우스운 생각을 하는 사이 바쁘던 마음도 조금씩 진정이 되었다. 하늘을 쳐다보니 비가 올 것이라는 일기예보와는 달리 구름 한 점 없이 맑았다. 하늘까지 도와주시다니……

시간에 맞춰 먼저 도착해 있던 손님들은 서로 인사를 나누면서 주인공이 나타나기만을 기다렸다. 곧 환자와 마지막 인사를 나눌 자리라 그런지 다들 숙연한 모습이었다. 얼마쯤 지나자 그분이 환한 웃음을 띠고 나타났다. 남편이 아내를 위해 손수 지은 집에 아내의 첫걸음이 닿는 순간 갑자기 집안 분위기가 확 바뀌었다. 아마 그분의 환한 웃음 때문이었으리라. 먼 길을 구급차의 침대에 누운 채로 이동해 왔으면서도 힘든 내색 하나 없이 밝은 얼굴로 손님 한 분 한 분과 눈을 맞추며 행복한 미소를 지었다.

그러더니 나에게 살짝 보자는 눈짓을 보냈다. 특별한 하루를 위해 화장을 좀 하고 싶다며 수줍은 목소리로 도와달라고 부탁했다. 얼마만의 화장인지 그분의 표정은 감동으로 가득 차 있었다. 항암제로 파랗게 변해 있는 입술에는 빨간 립스틱을, 볼에는 은은하게 분을 바르고 볼터치를 했다. 화장한 얼굴을 보고 손님들은 아름답다고 다들 한 마디씩 칭찬을 아끼지 않았다. 삶의 마지막 축제는 집들이 분위기의 즐거운 잔치가 되었다. 남편은 아내에게 돼지감자수프를 천천히 먹여주며 “오늘 모습만 같았으면 좋겠어!” 하며 소박한 바람을 전했다.

“맛있다! 정말 맛있다! 저의 마음을 담아 셰프님이 해주신 음식이에요. 많이 드세요.”

그녀는 자신도 부드럽게 넘길 수 있는 요리들을 먹으면서 손님들에게 자꾸 음식을 권했다. 둘째아들은 곁에 꼭 붙어서 엄마의 손과 얼굴을 계속 쓰다듬고 있었다. 그 자리에 모인 모두에게 슬픈 마음이 왜 없었을까? 손님 중 한 분은 한숨을 지으며 애써 눈물을 참는 듯 보였는데 바로 환자의 큰오빠였다. 일곱 형제 중 막내가 제일 먼저 아파 누우면 어떡하냐면서 동생을 향한 사랑의 마음을 애꿎게 역정으로 나타냈다.

“미안해 오빠…… 그리고…… 사랑해 줘서 고마워!”

자랄 때 막내라고 오빠가 많이 업어줬다고 했다. 어릴 적 오누이의 정을 다시 나누는 듯 그렁그렁 눈물 맺힌 눈길을 서로 따뜻하게 주고받았다. 그렇게 형제들과 함께 잠시 어린 시절로 돌아가기도 하고, 남편과 처음 만난 날 사랑이 어떻게 시작됐는지, 결혼해서 살면서 무엇이 가장 힘들고 행복했는지, 그리고 친구들과의 학창 시절 이야기까지…… 추억들을 하나하나 꺼내면서 다들 시간을 거슬러 올라가 이야기꽃을 피웠다. 식사가 끝나고는 다 함께 노래도 불렀다.

동생을 너무나 사랑하는 오빠들을 위해 〈오빠 생각〉을 부르는 그녀를 따라 가족들이 함께 노래하자, 마침내 참았던 울음들이 터졌다. 다들 울먹이느라 마저 노래를 끝내지 못했다.

“제가 모두에게 들려드리고 싶은 노래 하나 할게요.”

눈물을 삼키며 갈라지는 목소리로 있는 힘껏 부르던 그분의 노래는 모든 이의 가슴을 울리는 감동의 멜로디였다. 누구라도 먼 훗날 그 자리를 추억할 때면 그 멜로디가 먼저 떠오를 것 같았다.

축제가 끝나갈 무렵 그분은 자신의 남은 삶을 바라보는 듯 한 사람 한 사람과 눈을 마주치며 차분하게 말했다.

“나의 아들들 잘사는 모습을 끝까지 보고 싶은 것은 엄마의 욕심인 것 같구나! 아픈 엄마를 용서해 줄 수 있겠니? 그리고…… 모두들 내가 떠난다고 슬퍼하지 마세요. 영원한 생명으로 가는 여행이잖아요.”

누구나 가야만 하는 길을 그분은 우리보다 조금 빨리, 우리는 그분보다 조금 뒤에 가게 되는 것뿐이다. 그분 말씀대로 우리는 앞서거니 뒤서거니 하면서 머잖아 영원한 생명으로 갈 것이고 거기서 다시 만날 것이라고 나는 믿는다.

그러는 사이 있는 듯 없는 듯 뒷자리를 지키고 있던 마을 목사님이 조용히 설거지와 뒷정리를 도와주었다. 그날의 음식은 나중에 더 온 손님들까지 모두 배불리 먹고도 두 접시가 남았다.

그분은 중간에 진통제를 맞으면서도 흘러가는 시간을 아쉬워했다. 지켜보던 내가 걱정이 되어 끝내자고 표시를 하자 “벌써 끝나나요? 가지 마세요…… 끝나지 않았으면 좋겠어요. 모두들 더 보고 싶어요……”라며 힘없이 말을 이었다. 다들 발걸음이 떼어지지 않아서 한참을 그 자리에 있었다.

처음 만나던 날, 그분은 ‘삶의 마지막 축제’가 자칫 가족들에게 자신에 대한 기억을 더 남겨주게 된다면 나중에 그만큼 힘들어할지 모른다며 한참을 울먹이기도 했었다.

"셰프님, 저는 꽃이 만발하고 봄 향기 가득한 날 떠나고 싶어요. 그래야 저를 기억할 때 가족들이 덜 외로울 것 같아서요."

며칠 후 수녀님으로부터 그분이 떠났다는 소식을 전해 들었다. 그날 축제의 기쁨을 생각하면서, 통증의 고통 속에서도 행복하게 견딜 수 있었다는 인사를 남기고 갔다고 했다. 그분의 바람대로 따사로운 봄 햇살이 내리던 날 가족과 잡은 손을 마침내 놓았다고 했다.

어떤 기억을 남기고 떠날 것인가

열여덟번째 이야기

만약 내가 시한부 선고를 받는다면 나 역시 그동안 알고 지내던 사람들을 초대해서 이별의 축제를 열고 싶다. 내가 죽고 없는 장례식은 바라지 않는다. 그리고 그 축제를 위해 음식을 할 수 있는 힘이 남아 있기를 바랄 뿐이다. 다른 분들에게 차려드렸던 삶의 마지막 축제의 식사처럼, 소중한 인연들과 나의 마지막을 나누는 음식을 만들고 싶다.

언젠가 딸아이에게 물어보았다.

"엄마를 생각하면 뭐가 가장 먼저 떠올라?"

딸아이는 조금도 주저하지 않고 말했다.

"엄마의 웃음, 그리고 향신료들."

의외였다.

"향신료?"

"응. 이상하게 외국에서도 향신료 가게에 들어가면 엄마 생각이 나! 학교 끝나고 집에 오면 엄마가 고기 요리에 넣었던 향신료 말야. 그게 뭐였어? 그 향이 얼마나 짙은지 아직도 그 기억이 잊히지 않아."

그날, 언젠가 딸아이와 함께할 나의 마지막 밥상을 위한 계획이 바뀌어야 했다. 거기에 이렇게 적었다.

"딸아이와 마지막 식사를 할 때는 많이 웃을 것. 그리고 아이가 어렸을 때 자주 해주었던 큐민과 함께 구워낸 감자 요리와 올리브오일을 충분히 두른 김치볶음에 치즈를 듬뿍 올릴 것, 그리고 고기 육수와 레드와인 토마토로 맛을 낸 소스에 계피, 정향, 넛맥, 후추 등의 향신료를 꼭 넣고, 스테이크를 중간 정도로 익혀 요리할 것."

나는 딸에게 되도록 나에 대한 많은 기억을 주고 떠나고 싶다. 그 기억이 슬픈 일이든 즐거운 일이든. 언젠가 딸아이도 지금의 나처럼 인생의 후반부로 넘어가는 다리를 건널 텐데, 그때 지금의 내 모습들을 떠올리며 그 다리를 별 탈 없이 잘 건너가기를 바라기 때문이다. 한 가지 더 바람이 있다면 나는 딸아이가 나보다는 슬픈 기억을 덜 남기고 즐거운 기억들을 더 많이 남기며 살기를 바란다.

내가 만났던 분 중에 나와는 달리 자신에 대한 기억을 세상에 별로 남기고 싶어하지 않은 분이 있었다. 그래서인지 그분은 자신의 죽음을 앞두고 냉정하다 싶을 정도로 반듯하게 세상과의 이별을 준비해 갔고 물건도 깨끗이 정리하고 떠났다. 오랫동안 나는 그녀가 삶을 꼭 그런 식으로 정리하고 가야 했는지 이해할 수 없었다. 물론 그 심정이 헤아려지지 않는 것은 아니지만 말이다.

누구를 가르치는 것에 영 재주가 없어서 가르치기를 무척 싫어했던 내가 어쩔 수 없이 플루트 개인 레슨을 하던 때가 있었다. 벌써 20년 전의 일이지만, 그 당시 남편이 늦은 나이에 유학을 가게 되어 모든 생활을 내가 혼자 책임져야 했다.

생활을 위해 과외로 돈을 버는 일도 힘들었지만, 그보다 더 힘들었던 것은 공연과 과외로 인해 딸이 엄마의 빈자리를 크게 느낀다는 사실이었다. 엄마를 차지할 수 없어 늘 마음 한구석이 허전했던 어린 딸아이는 내가 자신이 원하는 것을 들어주지 않을 때면 나를 힐끔힐끔 쳐다보며 울면서 "아빠! 아빠!" 하고 서럽게 외치곤 했다. 그럴 때면 한편으론 서운하고 괘씸하면서도 미안한 마음에 응석을 받아줄 수밖에 없었다. '만약 내 아이가 정말 아빠를 영영 볼 수 없다면?' 내 자신이 정말 그 상황이라면 어떨까 싶어 괜스레 서러운 눈물이 나기도 했다.

성주는 그때 만난 나의 첫 제자였다. 성주 엄마는 내가 홀로 아이를 키우는 싱글 맘인 줄 알고 가끔씩 우리 아이의 간식을 사오기도 하고 레슨하는 동안 아이와 놀아주기도 했다. 그녀는 한참 후에야 "난 그것도 모르고, 미안해서 물을 수가 있어야지요. 늘 선생님 혼자 계신 것 같아서 당연히 그렇게 오해를 했죠" 하며 웃음을 지었다. 그 후로 그녀는 바쁜데 언제 밥하고 살림하겠냐면서 올 때마다 일주일치 장을 봐오는 등 더욱 살뜰히 나를 챙겨주었다.

"선생님, 안녕하세요? 저 성주 엄마예요."

어느 날 성주 엄마로부터 전화가 왔다. 성주 엄마의 목소리는 약간 떨리고 있었다. 발음이 좀 이상하게 들렸지만 대수롭지 않게 생각했다.

"네, 어머님. 어쩐 일이세요?"

"제가 아주 오랫동안 여행을 떠나게 됐어요."

그런데 그날 통화 땐 보통 때와는 사뭇 다른 느낌이 들었다.

"그러세요? 어디로 떠나시는데요? 편찮으시다는 소식을 들었는데 몸은 괜찮아지셨어요?"

"네…… 괜찮아요."

그 당시만 해도 나는 잘 나가는 플루티스트로서 도도하고 자존심 강한 모습을 하고 있었다. 나를 잘 모르는 사람들은 그런 나에 대해 말도 못 부칠 정도로 차갑다고들 했다. 그런 나에게 자신의 아픔을 터놓기는 아마 더 어려웠을 것이다.

"그럼 조심히 잘 다녀오세요."

아무렇지도 않게 전화를 끊긴 했지만 그녀의 가라앉은 목소리가 내내 마음에 걸렸다.

며칠 후 레슨을 받으러 온 성주가 악보를 펴고 레슨을 하려는 순간, 갑자기 울기 시작했다. 나는 울음이 터진 아이를 실컷 울도록 했다. '무엇 때문에 저렇게 서럽게 울까?' 생각하면서 한참을 기다렸다. 마침내 울음이 잦아들고 성주가 울먹이는 목소리로 입을 열었다.

"엄마가 많이 아프세요. 임파선 암으로 가망이 없으시대요."

그제야 얼마 전 성주 엄마가 했던 말이 이해가 되었다. 여행…… 그 말의 의미를 곰곰이 생각해 보았다. '어떤 곳에서 멀리 떨어진 다른 곳에 이르기 위하여 옮겨가는 과정.' 그러나 성주 엄마가 가는 곳은 단순히 물리적으로 멀리 떨어진 곳이 아니었다. 다시는 돌아올 수 없는 길로의 여행이었다. 나는 말없이 성주를 꼭 껴안아주었다.

성주 엄마가 레슨을 위해 아이를 데리고 온 첫날, 당시 포이즌 향수가 한참 유행이었는데 그것을 예쁘게 포장해서 나에게 선물로 주었다. 그 선물을 받은 지 불과 몇 달 지나지 않아 그렇게 먼 여행을 떠날 준비를 하게 된 것이다. 바로 한 해 전 임파선 암으로 수술을 받았는데 다시 재발되어 투병중이었던 것을 나는 모르고 있었다. 그녀는 죽음을 앞두고 내게 그렇게 먼 여행을 떠나게 되었노라고 전화를 한 것이다.

한동안 가슴이 먹먹했다. 성주 엄마에게 불쑥 전화를 드렸다.

"잘 드셔야 하는데 누가 도와주시나요?"

"네, 친정엄마가 오셔서 살림을 맡아 해주고 계세요. 선생님, 제가 없더라도 우리 아이 잘 부탁드릴게요. 제가 지금 너무 힘들어서…… 통화하기가 힘드네요. 선생님…… 오해 마세요……"

그것이 마지막 통화였다. 한번은 아이한테 엄마의 안부를 물으니 옷과 노트, 보던 책 따위를 모두 없애고 있다고 했다. 순간 나는 먹먹한 기분이 들었다. 왜 그래야만 하는 걸까? 가족들에게 추억거리를 하나도 남기고 싶지 않은 것일까?

어느 날인가 잠시라도 뵙고 싶어 성주네 집을 찾았을 땐 암이 후두까지 전이되어 그녀는 말도 제대로 할 수 없는 상태였다. 겨우 한 마디씩을 이어가며 이렇게 말했다.

"전 아무것도 남기지 않을 겁니다. 모든 것을 깨끗하게 청소하고 싶

어요. 제가 마지막으로 입었던 옷가지도 죽은 뒤에 태워달라고 했어요. 이제 이곳에 제 것은 아무것도 남아 있지 않아요."

삶의 마지막을 그렇게 정리하던 그녀의 마음은 어땠을까? 남겨진 가족에게 추억이 될 만한 것들조차 없애고 싶은 까닭이 정말 무엇이었을까? 혹여 삶과 죽음에 대해 연연해하지 말라는 무언의 유언이었을까?

호스피스 센터에서는 가끔 이런 광경을 본다. 홀로될 남편을 위해 아내가 유언 중에 "꼭 결혼하세요"라고 말을 남기는 것이다. 그러고는 토를 단다. "꼭 좋은 분이라야 해……" 성주 엄마도 남편을 위해 배려를 한 것일까? 그녀는 마흔둘이라는 젊은 나이로 그렇게 홀연히 가족과 세상을 떠났다. 나에게 '죽음을 어떻게 정리할 것인가?'라는 물음을 처음으로 남기고 간 분이었다.

성주 엄마의 장례식에 참석을 했다. 그녀의 주검은 집에 모셔졌는데 장례식을 치르는 가족과 친지들의 모습이 생각보다 편안해 보였다. 어디에서도 울고 있는 이를 볼 수가 없었다. 자신에 대한 기억을 남기고 싶어하지 않던 그녀의 마음이 전해진 것일까?

나는 성주 아빠에게 인사를 드렸다.

"아내가 치료받는 내내 병원 냄새 맡기를 싫어했는데 주검마저 영안실 냉동고에 넣기는 싫었습니다. 이제 편한 마음으로 보낼 수 있을 것 같아요."

사는 동안 우리는 여러 인연을 맺는다. 나는 우연찮은 계기를 통해 특별히 말기 암으로 죽어가는 사람들과 많은 인연을 맺게 되었다. 그리고 호스피스 음악 봉사자로서 만난 그 인연들은 이제 모두 세상을 떠나고 없다. 그러나 그분들이 남기고 간 많은 사연들, 함께 나누었던 이야기들, 때론 눈물로 때론 웃음으로 죽음을 맞이하던 마지막 모습들은 여전히 남아 있다. 기억은 떠난 자가 아닌 남은 자의 몫이라는 생각이 든다.

나는 성주 엄마가 어떻게 살아왔는지 잘 모른다. 왜 그렇게도 삶의 기억들을 남기고 싶어하지 않았는지 나로서는 알 길이 없다. 그저 그것이 남은 사람들에 대한 그녀 나름의 배려였을 거라 짐작해 볼 뿐이다.

그러나 남은 사람들은 그녀가 원했든 원하지 않았든 어쩔 수 없이 그녀를 기억하게 될 것이다. 아무것도 남기지 않으려는 그녀의 마지막 모습을 내가 기억하고 있듯이 말이다. 성주에게 레슨을 하는 사이 홀로 있는 내 아이를 챙겨주고 놀아주던 모습도, 남편이나 주위 사람들을 배려하고 가능하면 폐를 끼치지 않으려고 최선을 다하던 모습도 내 기억에는 고스란히 남아 있다. 포이즌 향까지도……

남들을 배려하는 것도 아름답지만 자신을 사랑하는 모습은 그보다 더 아름답지 않을까? 자신을 진실로 사랑할 줄 아는 사람만이 다른 사람도 사랑할 수 있는 게 아닐까? 우리는 너무 자주 이기심과 자기 사랑을 혼동하는 것 같다. 이기심은 사실은 자기를 사랑하지 못하기에 나오는 마음이 아닐까 싶다. 스스로 자기를 사랑하지 못하기에 남들에게 사랑을 갈구하고 그 기대와 욕구를 채워주지 않으면 서운해하고 불만스러워하는 것이 이기심이 아닐까?

물론 삶에 정답은 없다. 다만 내 자신에게 바라는 것이 있다면, 단 하루를 살더라도 많은 사람들이 자기 자신을 사랑하고 존중하면서 살았으면 하는 것이다. 그럴 때 다른 사람도 진실로 사랑하게 되고 함께 행복해질 테니 말이다. 그리고 그런 기억들을 가족과 이웃에 많이 남겼으면 좋겠다. 나는 수많은 사람들의 죽음을 보고 난 뒤에야 비로소 우리가 바로 그런 사랑의 경험들을 하기 위해서 이 세상에 태어난 것이 아닌가 하는 생각을 하게 되었다.

가을이 점점 깊어지면서, 숲을 화려하게 수놓던 꽃들은 모두 지고 푸른 잎들 빼곡하던 나무들도 낙엽을 훌훌 털어내며 겨울이 다가옴을 알리고 있다. 그러나 나는 늦가을의 이 마지막 흔적들을 쓸쓸함과 아쉬움보다는 내년 봄에 대한 새로운 기약, 또 다른 시작의 인사로 받아들인다. 겨울이 곧 오겠지만 나는 봄부터 가을까지 하루도 빠짐없이 찾아가던 숲 속의 온갖 생명들이 발산하던 다채로운 빛깔들은 내 기억 속에 그대로 살아있을 것이다. 그리고 그 기억은 얼어붙은 겨울을 부드럽게 녹여주고 단색의 풍경들을 풍요롭게 만들어줄 것이다.

'구름이 머무는 숲'에서

'호스피스 음악가'와 '호스피스 요리사'로 살고 있지만 나는 언제나 음악가임을 잊지 않는다. 그래서 내 소개를 할 때는 '플루티스트 용서해 셰프'라고 말하곤 한다. '용서해'라는 이름은 호스피스 요리사가 되기로 결심하고 요리 학교를 졸업할 무렵, 한 농부 목사님이 나에게 선물로 지어준 새로운 이름이다.

"땅에게 구하는 용서! 사람이 사람을 용서한다는 의미가 아니라 땅이 우리를 용서해 준다는 의미에서,

그러니까 땅이 우리에게 무한한 사랑으로 베풀어주는 것들을 먹음으로써 우리가 용서를 받게 된다는 마음으로 요리를 하시길 바랍니다!"

농부 목사님은 그렇게 새 이름을 지어주면서 내가 그토록 바랐던 요리사의 길을 잘 갈 수 있도록 용기를 보태주셨다. 그러면서 이렇게 덧붙이셨다.

"사람들이 이 땅을 참 못살게 굴었지요? 용서해 씨는 우리 땅의 먹을거리로 아픈 이들을 위한 요리를 하고, 사람들은 그 음식을 먹으면서 자연에게 용서를 구할 수 있으면 좋겠어요. 감사와 함께요."

자연에게 용서를 구하고 감사의 마음을 드리는 음식! 나는 그 말이야말로 내가 만들고자 하는 음식을 정확히 표현한 말이라는 생각이 들었다.

나는 서울 생활을 접고 깊은 숲 속에 있는 폐교를 구해 연구실로 쓰다가, 지금은 좀 더 깊은 숲으로 들어와 두 번째 연구실을 새롭게 꾸몄다. 해발 1천 미터가 넘는 강원도의 외진 두메산골, 아직도 원시림 같은 숲이 남아 있는 곳이다. 첫 발걸음을 디뎠을 때 아직도 이런 곳이 있다는 사실에 나는 놀라움을 금치 못했다. 누군가 새로이 땅을 일굴 엄두를 내지 못할 만큼 외진 곳이라 풀이며 나무들이 누구의 훼손도 없이 자연스럽게 본성대로 자라고 있었다. 나의 눈은 지천에 널린 야생의 다양한 먹을거리로 향했다. 한 발만 내딛으면 즉석 야채 코너가 널려 있는 보물창고와도 같은 곳이었다.

'이렇게 외진 곳에서 호스피스 요리를 연구한다는 것이 현실적이지 못한 바보 같은 생각은 아닐까? 야생의 재료가 좋다고 하지만 직접 산으로 들로 찾아 나서는 요리사가 나 말고 또 있기나 한 걸까?'

어떤 순간에는 이런 생각들이 문득 스미기도 했지만, 이 풍요롭고 아름다운 자연을 둘러보다 보면 그런 생각은 순식간에 사라지고 만다. 그 대신 나를 통해서 이루어질 수 있는 어떤 일이 있다면 분명 이곳에서 찾아질 것 같다는 생각이 들었다. 어쩌면 그것은 내 자신의 한층 더 고귀한 자아를 찾는 일과 무관치 않을 거라는 생각도 들었다.

요리 학교를 다니면서부터 지금까지 우리 땅의 야생 식물을 이용한 요리를 연구해 호스피스 요리로 꽃피우고 싶다는 열망을 지니고 살면서 나는 음식이 식탁 위에 올려지기까지의 모든 과정을 유심히 살피게 되었다. 외식 요리를 하는 곳에서 음식이 어떻게 만들어지는지, 가공 식품을 만들 때 어떤 원료를 쓰는지 꼼꼼히 살피기 시작했고, 일반 농산물의 경우에도 어떤 비료로 어떻게 재배되는지 알기 위해 농가를 직접 찾아다니기도 했다. 그리고 그런 음식들을 먹고 우리 몸과 마음에 어떤 반응이 일어나는지도 계속해서 지켜보았다.

사람에 따라 또 상황에 따라 음식을 여러 가지 말로 표현하기도 하지만, 호스피스 요리사로서 나에게 음식은 기본적으로 몸을 살리고, 사람의 기운을 돋아주며, 나아가 마음을 치유하는 도구이다. 그러한 음식이려면 비료의 힘이 아닌 미네랄이 가득한 땅의 힘을 담뿍 담은 것이어야 한다.

바쁘게 살아가는 도시인들은 특별히 건강에 문제가 없는 한 별 생각 없이 입맛에 당기는 대로 음식을 만들어 먹거나, 가능하면 빠른 시간에 먹을 수 있는 편리한 음식을 찾아서 먹는다. 그러나 이제 자신의 몸을 위해서 어떤 음식을 선택해야 할지 깊이 생각해 봐야 한다. 먹는 것이 곧 사람이라는 말도 있지만, 땅에 용서를 구하고 감사하는 마음

없이 음식을 먹는다면 삶 또한 용서와 감사보다는 미움과 욕심으로 점점 더 채워져 갈지도 모른다.

나는 계절마다 숲에서 야생으로 자란 식재료로 음식을 만들어 지인들이나 말기 암 환자들과 함께 먹어보았다. 땅의 기운이 담기고 야생의 맛이 살아있는 음식은 가공의 맛에 익숙해 있던 사람들의 몸과 마음을 조금씩 순화시키고 생기로 채워나갔다. 그런 경험을 통해 나는 우리 땅의 맛과 향기를 고스란히 담은 음식에 대한 나의 연구가 잘못되지 않았다는 확신을 갖게 되었다.

아울러 이 경험은 사람들이 그동안 익숙해 있던 수입 가공 식품이나 인위적인 재배 식품이 우리 몸을 얼마나 망치는지 깨닫고 이 땅에서 나고 자란 먹을거리들의 소중함을 하루라도 빨리 깨닫게 되었으면 하는 바람과 함께, 우선 나부터도 오랫동안 익숙해져 있던 것들과 결별해야겠다는 생각을 더욱 굳게 했다. 단지 먹는 것만이 아니라 나를 둘러싸고 있는 수많은 문명의 이기들로부터 과감히 벗어나 보는 것이다. 숲으로 들어가기로 결심한 데에는 그런 이유도 작용했다.

캄캄한 숲 속의 어두움에 익숙해지기 위해서는 노력이 필요했다. 숲에 있는 동안에는 전기는 물론 컴퓨터나 휴대전화, 텔레비전 같은 도시 생활에서는 필수적인 물건들도 전혀 사용할 수가 없다. 그러나 그렇게 한 해 두 해 원시적인 삶을 고집하며 살아보니, 뭔가 잃어버려서는 안 되는 중요한 것들이 그 속에 있음을 깨달을 수 있었다.

척박한 땅의 아프리카 원주민이 어느 인터뷰에서 한 이야기라며, 숲 속에 들어와서 사귀게 된 한 친구가 내게 들려준 말이다. 그 아프리카 인은 "아이들이 이 땅의 미래가 아니라 이제는 우리가 아이들의 미래입니다"라고 말했다고 했다. 나는 전적으로 동감했다. 아이들은 우리가 일궈놓은 이 땅을 그대로 물려받을 것이다. 그 땅을 지금까지처럼 계속 파헤치고 더럽히기만 한다면 우리 아이들이 미래에 설 땅은 어디에도 없을 것이다. 그러니 우리가 아이들에게 무엇을 보여주느냐에 따라 우리 아이들의 미래가 달라질 것이라는 말은 너무도 당연한 말이었다. 그런데도 우리는 어쩌면 이리도 쉽게 그 사실을 망각하고 있고 외면하고 있는 것일까?

내가 숲 속의 첫 번째 연구실을 접고 이 깊은 산 속으로까지 들어와 두 번째 연구실을 만든 데에는 몇 가지 사연이 있다. 숲 속의 조그만 폐교를 수리해 첫 번째 연구실을 마련한 뒤 호스피스 요리 연구에 몰두할 무렵, 알고 지내던 어느 부부가 거처할 장소를 마련하고자 내게 상의하러 온 일이 있었다. 그분의 아내는 폐암 말기로 이미 다른 장기에도 암이 전이된 상태였으며, 식사조차 인공 호스를 꽂아서 어렵게 하고 있었다. 아내의 마지막 희망이 공기 좋고 물 좋은 곳에서 마지막을 보내는 것이었기에, 남편은 도시의 삶을 정리하고 무작정 강원도 산골로 들어왔다고 했다.

급한 마음에 아무런 준비 없이 와서 머문 곳은 펜션이었다. 산골이라도 비료나 농약 없이 농사 짓는 땅은 거의 없었다. 봄부터 가을까지 농사철이 되면 비료 냄새와 농약 냄새가 가실 날이 없는 게 요즘 농촌의 모습이다. 산 속에 오면 제대로 숨을 쉬며 살 것이라 기대했던 그분들은 창문조차 열 수 없는 상황에 갑갑해했고, 마침내 나를 찾아와 자신들도 이곳에 들어올 수 없겠느냐면서 안타까워하셨다.

그러나 첫 번째 연구실은 처음부터 그곳에 오래 머물 작정으로 준비한 곳은 아니었다. 야생의 재료로 호스피스 음식을 연구하는 것이 과연 가능한 일인지, 내가 서울 생활을 접고 숲 속에서 제대로 적응하고 살 수 있겠는지 등을 보려고 임시로 폐교를 빌려 만든 곳이었다. 그런 이유로 대충 수리만 하고 들어가 있던 참이라 암 환자가 들어와 지내기에는 모든 면이 열악했다. 그분들의 사연이 안타깝고 미안했지만 나는 거절할 수밖에 없었다.

또 다른 사연은, 얼마 전 알게 된 한 여성의 안타까운 죽음과 관련이 있다. 이 책의 집필 막바지에 있을 즈음 나는 그 여성의 죽음을 알리는 부고를 받았다. 우연히 지인 댁에서 차를 마시다가 만났던 그 여성은 호스피스 요리사라는 내 소개를 받고 무척 반가워했다. 대장암 말기로 회복 가능성이 없다는 것을 알고는 어떤 약도 먹지 않았다고 했다. 그 대신 자연의 기운이 담긴 먹을거리를 간절히 원했다. 몸 상태가 아주 위중하지는 않아 보여 나는 연구실에 찾아오겠다는 그분의 청을 받아들였다.

3박4일 함께 지내기로 했다. 나는 작은 소쿠리 하나를 보여주면서 산에서 자생하는 나물과 새순들을 매 끼니마다 열심히 뜯어다 먹어보자고 했다. 연구실 부근은 물과 공기만 본다면 자연 환경이 더없이 좋았지만, 멀리서 가까이서 찾아온 사람들이 철마다 찾아와 나물 따위를 무자비하게 채취해 가는 통에 야생 식물들이 다양하게 뿌리를 내리지 못했다. 게다가 그곳에 동계올림픽 직할강 경기장이 들어선다는 계획이 발표되면서 부동산업계 사람들까지 드나들기 시작했다. 상황이 그렇다 보니 산 속에 머물면서도 산나물을 얻으려면 더 깊은 곳으로 몇 시간 동안 힘든 산행을 해야 했다. 그러나 말기 암 환자에게 고된 산행을 계속 하라고 하기는 어려운 일이었다.

다행히도 그분이 잠시 터를 옮긴 곳이 산에 근접한 곳이라는 소식을 듣고 내 나름대로 산나물을 맛있게 먹는 방법이라든지 천연 양념 재료를 활용하는 방법 따위를 일러주었다. 얼마 후 그분으로부터 과거 건강할 때보다 몸의 순환이 빠르게 느껴질 정도로 변비와 통증이 호전된다는 소식을 들을 수 있었다. 그러나 그런 음식을 꾸준히 준비해 먹는다는 것은 깊은 애정과 각오가 아니면 여간 힘들지 않다. 혼자서 음식을 만들어 먹기 힘들어하던 그분은 결국 도시로 돌아갔고, 간간히 전화로 확인해 보면 식습관 역시 과거의 편리한 습관으로 되돌아가 있었다. 삶을 포기한 것이었을까? 그저 편안하게 살다가 떠나려 했던 것일까? 다시 시도해 보자는 나의 부탁도 뒤로하고 그분은 자신을 위한 노력을 포기한 채 영원히 올 수 없는 곳으로 떠나고 말았다.

나는 자연 속에서 보내면서 풀잎 하나 나뭇잎 하나도 의미 없이 생겨났다 사라지는 건 없다는 사실을 몸으로 체득할 수 있었다. 하물며 사람은 어떨까? 너무나 짧고 허무하게 떠난 그녀의 삶 앞에서 나는 슬픈 마음을 가누기 어려웠다.

내가 머무는 곳이 그분들이 들어와 쉬면서 함께 야생의 요리를 만들어 먹고 몸과 마음의 휴식과 치유를 도모할 수 있는 그런 곳이었다면 얼마나 좋았을까? 그런 아쉬움이 두고두고 남았다. 마침 첫 번째 연구실을 떠나야 할 때가 되면서 나는 더 깊은 숲, 인간의 손이 덜 탄 깊은 산 속으로 옮겨가기로 했다. 이것이 내가 지금 강원도 깊은 산골에 두 번째 연구실을 마련하게 된 사연이라면 사연이다.

나는 두 번째 연구실로 쓸 공간을 위해, 자연에서 살아가는 법을 잘 알고 있는 이의 도움을 받아 돌과 흙, 나무로 여섯 평짜리 작은 오두막을 지었다. 나는 이곳으로 들어온 뒤 시간마다 달라지는 하늘의 빛과 땅의 냄새를 더 자주 느껴보려고 애쓴다. 문명에 기대지 않고도 날씨와 기후의 변화를 알아채기 위해서이다. 그래야 자연의 변화들에 미리 대비하고 그것들에 순응하며 살아갈 수 있을 테니까. 드넓은 평지 위로 펼쳐진 광활한 하늘을 볼 수 없다는 것이 아쉬울 때도 있지만, 그 대신 산과 산 사이로 내 시야에 쏘옥 들어오는 아담한 하늘을 바라보는 즐거움은 자못 크다.

요즘 이 숲엔 비가 많이 오면서 돌개바람이 불고 있다. 수시로 구름도 머물다 간다. 그래서 나는 새로 지은 오두막에 '구름이 머무는 곳'이라는 이름을 붙여주었다. 이곳에 사는 동안 나는 또 이곳에서 할 수 있는 일들을 할 것이다. 그리고 이 두 번째 집으로 올 수밖에 없었던 사연들을 기억하면서 내게 주어진 숙제들을 하나둘 풀어갈 것이다. 그러다 보면 잠시 머물다 가는 구름처럼 나의 삶도 모든 것을 내려놓고 떠나야 할 때가 올 것이다. 그때가 되면 다시 이곳 땅을 자연으로 온전히 되돌려줄 수 있도록 사는 동안 소중하게 빌려 쓸 것이다.

예전에 언니를 위해 또 말기 암 환자들을 위해 내 자신과 했던 약속대로, 땅에서 거둔 야생의 씨앗들을 봄이 되면 여기저기 퍼뜨려 해마다 제각기 알맞은 곳에서 자연스레 싹이 돋아나길 기다릴 것이다. 그리고 농약이나 비료를 뿌리지 않고 생명 자체의 힘으로 온전히 자란 야생의 식물들을 거두어 암 환자들을 위한 음식을 만들고, 그들이 그 야생 요리의 힘을 받아 살아있는 그날까지 자신의 생명을 더욱 아끼고 사랑할 수 있도록 도울 것이다. 그 약속을 잘 지켜가겠다는 의미에서 나는 이 두 번째 연구실에 '용서해 야생 이플 농장'(이플은 풀잎의 순수한 우리말이다)이라는 이름을 지어주었다.

물론 첫 번째 연구실에 이어 이 두 번째 연구실 터를 구하고 집을 짓기까지 모든 준비 과정이 결코 평탄하지는 않았다. 그만큼 내 마음 한편에는 아무나 쉽게 들어와 자연을 훼손할 수 있는 곳이 아니길 바라는 마음도 있었다. 그런 곳을 찾기부터가 우선 만만치 않기도 했다. 우여곡절 끝에, 그리고 하늘의 도움으로 이 공간을 만났고, 우연찮게도 집을 짓는 데 큰 도움을 받을 수 있는 분도 만나게 되었다. 나는 장차 이 작은 오두막이 말기 암으로 고통받는 사람들에게 몸과 마음을 돌보는 쉼터이자 마음의 평안을 얻을 수 있는 공간이 되길 바란다.

어느 책에서 읽은 마시뇽이라는 사람이 했다는 말이 생각난다. "신은 도처에 존재하는데 무엇 하러 예루살렘에 가는가? 그것은 그 장소가 기도를 강요해서가 아니라 오히려 기도에 어울리기 때문이다." 어쩌면 내가 숲 속에 온 것도 그와 같은 이유 때문이 아닌가 싶다.

숲으로 들어가는 길에서
나에게 묻는다.
살아있냐고.
내가 숨을 쉰다.
그리고
살아온 세월, 시간, 명예, 목적 따위 자연 앞에 내려놓는다.
나는 지금 어디쯤에 와 있는가!

숲의 나무들은 초가을부터
봄을 준비하는 겨울눈 싹의 생명을 뿜어내는 동시에
한 해의 묵은 잎사귀를 떨어뜨린다.
그리고
꽃이 피고 열매 맺기를 기다린다.
이듬해 새 생명을 잉태할 준비로
고요함 속에 분주히 움직이는 가을 숲,
고독과 적막함을 곁에 두어야 느낄 수 있는
숲 속 새 생명들의 소리,
내 스스로에게 묻는다.
내 본성 속에 신선한 양분을 품은 영혼의 생명이 있는가?
나는 나무의 겨울눈과 같은 새 생명을 잉태하며
지나간 세월의 시간들을 훌훌 털어낸다.
숲은 또다시 내게 묻는다.
정말 네 삶의 가치를 느끼며 살고 있냐고……

꿈을 실현하며 사는 자의 길로 접어들고자 처음 숲으로 들어왔을 때 이미 첫서리가 내려 있던 숲길, 그 길을 걸으며 내 자신에게 던졌던 질문들을 오늘 다시 기억에서 꺼내 조용히 소리 내어 읊조려본다.

하늘빛 동창회에 띄우는 편지

하늘빛 동창회 친구들! 모두들 그곳으로 이사한 지 어느덧 15년이 흘렀군요. 다들 평안하시지요? 호스피스 센터에 봉사를 다녔던 때가 엊그제 같은데 어느새 나도 중년의 나이가 되었습니다. 진주 언니가 말씀하셨죠? 나를 두고 한 분 두 분 하늘로 돌아가니 '하늘빛 동창회'라 이름 짓고 나중에 그곳에서 빛이 되어 만나자고.

나는 숲에 들어와 지낸 지 어느덧 세 해가 지났어요. 이제야 숲 속 생활에 익숙해지니, 비로소 옛 친구들과의 추억을 떠올리며 가슴을 펴고 하늘을 볼 수 있는 여유가 생겨납니다.

장마 때문에 내가 머물고 있는 숲은 한동안 짙은 흑색을 띠다가 어느새 날씨가 개고, 그러다 다시 먹구름이 몰려들곤 합니다. 구름 사이로 하늘의 빛이 살짝 비칠 때 보면 그 사이로 높다란 하늘까지 색색의 구름들이 겹겹이 쌓여 있는 모습이 보입니다. 구름이란 구름은 이곳 하늘에 다 모여 있는 듯해요. 먹구름, 흰 구름, 회색 구름…… 아마도 마음에 그리는 푸른 하늘빛은 이 모든 구름들 위에 있겠죠?

서양 속담 중에 이런 말이 있답니다. "지금 나의 눈은 비를 몰고 오는 먹구름을 보겠지만, 마음은 항상 푸른빛을 비추는 태양을 바라본다." 지금 내 마음이 꼭 그렇네요.

하늘빛 동창회 친구들과 만나던 때가 아마도 봄에서 여름으로 한창 더워지던 무렵이었을 거예요. 병실에 땀을 뻘뻘 흘리고 들어서면 다들 "우리는 이불을 덮고도 추운데……" 하면서 바깥 날씨를 궁금해 했지요. 내가 날씨며 사람들 옷차림 얘기를 꺼내면 특히 영미가 제일 좋아했어요. "나에게 다시 걸을 수 있는 시간이 주어진다면 예쁜 옷 입고 아기하고 남편하고 남들처럼 시내를 다시 거닐어보고 싶어" 하며 설레어하던 모습이 생각납니다.

가장 평범한 시간이 가장 값지다는 것을 알면서도 건강할 때는 그 말의 의미를 잊고 살곤 합니다. 그때 친구들에게 배우고 또 함께 나누었던 소중한 삶의 교훈들도 늘 기억하며 살려고 마음먹지만 살다 보면 잊어버릴 때가 많아요.

그동안 나는 호스피스 음악가에서 호스피스 요리사의 길로 들어섰습니다. 진실하게 요리하는 삶을 살고 싶어서 지금은 숲에 들어와 환자들을 위한 밥상을 연구하고 있어요. 굳이 왜 숲이냐고요? 글쎄요…… 이곳에 와야만 할 운명이었나 싶네요. 어찌 보면 하늘빛 동창들을 만나고 나서 줄곧 마음에 자리 잡고 있던 생각이 이제야 결실을 맺는 건지도 모르겠습니다. 친구들이 아파서 잘 먹지 못할 때마다 호스피스 요리에 대한 생각을 하곤 했으니까요.

진주 언니를 처음 만난 날, 거친 숨을 몰아쉬며 찬송가 한 곡 연주해 달라고 하셨지요? 얼마나 많은 고통의 시간을 보냈는지 입술은 다 타들어 가고 배에는 복수가 차올라 잠들기도 힘들다면서…… 서로 친해지고 나서는 나에게 주방에서 맛있는 것 좀 가져다달라고도 하셨고요. 오랫동안 병상에 누워 있는 딸을 대신해 남은 가족을 돌봐주시는 친정어머니한테 음식까지 해오시라고 하기가 미안해서 그런다고.

사실 맛있는 음식보다 복수가 차오른 진주 언니의 배를 보며 제 마음은 너무나 안쓰럽고 아팠습니다. 배가 얼마나 불렀는지 피부 밑으로 실핏줄까지 선명하게 드러나 있을 정도였으니까요. 그때 맛난 요리보다 부른 배를 가라앉힐 수 있는 먹을거리가 있으면 좋겠다는 생각을 했어요. '속이 편한 요리는 뭘까?' 하고 참 많은 생각을 했었지요. 늙은 호박이 좋을까, 박이 좋을까…… 몸에 좋은 음식을 해드리고 싶었지만 그때는 그저 그곳에서 나오는 식사를 도와주는 일밖에는 할 수 없었던 것을 이해해 주세요. 지금쯤 만났더라면 몸에 좋은 것으로 골라서 모두에게 식사라도 한 끼 해드릴 수 있었을 텐데 아쉽기만 합니다.

기억나세요? 그때 2층 병실에 있던 모든 분들이 나이와 상관없이 친구하기로 했잖아요! 언젠가 친구들이 나와 함께 하루를 보내고 싶다고 하기에 날 잡아 함께 침대에 누워 두런두런 이야기를 나누었죠. 호스피스 센터 2층에 함께 있던 여자들 모두 동창회 엠티를 하자며 야식과 수다거리를 놓고 이야기꽃을 피웠죠.

한 친구가 어린 아이들을 남겨놓고 떠날 걱정에 울먹이기 시작했을 때 "오늘만큼은 즐거운 생각만 하자"며 언니가 서둘러 감정을 추슬러 주셨어요. 그땐 정말 고맙기도 하고, 마음 한편이 더 아리기도 했지요. 안 그랬으면 그날 밤의 즐거운 파티가 한없이 우울해질 뻔했거든요.

영미가 나를 처음 봤을 때 부러워하던 게 생각이 나요. 좋은 음악을 연주할 악기 하나 배워보지 못해서 아쉽다고…… 한번은 내가 영미에게 얼굴이 둥글넓적하여 복스럽게 생겼다고 했더니, "나도 한 시절 예뻤어요"라며 옛 사진을 꺼내놓았죠. "정말 그러네. 전혀 다른 얼굴이야!" 감탄해 준다는 게 그만 실수를 해버린 거죠. 영미가 아프기 전의 모습은 정말 예뻤어요. 그놈의 약을 하도 먹어서 얼굴이 부은 것도 모르고 영미 마음에 상처를 주었던 건 아닌지……

어느 일요일, 그날 공연이 있어서 호스피스 센터에 가지 못했는데 바로 전날 꿈을 꾸었어요. 영미가 예쁜 옷을 갈아입고 의자에 말없이 앉아 있었죠. 그 모습이 어찌나 예쁘던지…… 그런데 그 다음 주 그곳에 갔을 때 영미는 떠나고 없었어요. 의식이 없는 상태에서도 나의 연주를 듣고 싶어했다는 말을 영미 어머님께 전해 듣고 얼마나 울었던지요. 영미는 하늘나라로 이사 가면 하늘빛 동창회를 잘 꾸리겠다고 나하고 약속했는데, 지금 잘하고 있는지 궁금하네요.

하늘빛 동창회, 다들 결석 안 하고 잘 나오지요? 아이를 낳은 후 한 번도 안아주지 못하고 침대에 누운 신세가 됐다며, 남편이 아기를 안고 올 때마다 무척 속상해했던 선희도 그리워요. 뭐가 그리 급했는지

영미가 떠난 다음날 따라갔죠. 하필 선희와 영미가 하늘나라로 이사 간 그 주 일요일에 공연이 있어서 그곳에 가지 못했었는데 선희도 나를 무척 기다렸다는 말을 듣고 마음이 아팠어요. 지금쯤 선희의 아기도 사춘기 나이가 되었겠네요. 그때는 아무것도 모르는 아기여서 엄마에 대한 추억이 없을 테죠? 아기에 대한 정까지 두고 떠나야 했던 그 마음이 얼마나 아렸을지……

미정 언니와 정선 언니는 나와 비슷한 또래여서 아이들도 내 딸아이 나이쯤 되었을 것 같네요. 내 딸아이, 궁금하시죠? 센터에 봉사하러 가면 "네 딸은 어떻게 하라고 혼자 두고 오냐?"며 다들 걱정해 주셨죠. 우리 아이도 잘 지내고 있답니다. 엄마의 남다른 삶 때문에 아이를 잘 돌봐주지도 못해 늘 미안했는데 그래도 다행히 잘 컸답니다. 초등학교 1학년쯤이었을까, 아이가 일기장에 써놓은 〈엄마 품〉이라는 동시를 읽으며 한참을 울었던 기억이 납니다. 그 동시 한번 들어보실래요?

가만히 가만히 귀 기울여봐요.
포근한 엄마 품에
따스한 엄마 품에
나는 나는 절대로 잊지 않아
따스한 엄마 품을.

가끔씩 안아주는 엄마의 품이 그렇게 좋았나 봅니다. 딸아이는 지금 수의학을 공부하는 대학생이 되었어요. 사라지는 야생 동물을 복원시키는 일을 하고 싶다고 하네요. 가끔 딸아이는 지금의 자기 모습은 자연 목초지에서 방목시켜 키워준 덕이라는 말로 나의 미안함을 덜어주곤 합니다.

진주 언니가 잠시 호스피스 센터에서 퇴원했을 때 내게 그랬죠. 집에서 아이들 돌보며 지내는 기쁨을 예전엔 몰랐었다고, 봉사도 중요하지만 아이랑 많이 놀아주라고 그렇게 당부하셨죠. 함께 아이들 얘기를 나눌 때면 머지않아 아이들을 두고 떠나야 할 시간을 생각하게 돼 무척 슬퍼하던 모습도 생각납니다. 이제 다시 그때로 돌아가 아이를 실컷 안아줄 수 없다는 걸 깨닫는 걸 보니 나이 들어 겨우 철이 드나봅니다. 언니가 그때 하신 말씀처럼 더 많이 딸아이를 안아주지 못했던 게 후회가 되니 말이에요.

언니가 떠난 후 미정 언니와 정선 언니가 무척 힘들어했어요. 함께 있던 사람을 영원히 볼 수 없게 되는 순간이 자신들에게도 곧 다가올 것이라는 불안감이 견디기 힘들었던 것 같아요. 미정 언니는 하늘나라로 이사 가기 일주일 전, 상태가 악화된 가운데서도 나를 바라보면서 함께 노래하길 원했죠.

그렇게 한 사람 한 사람 보내고 모두 떠난 그 자리에서 하늘빛 동창회 친구들을 생각하며 한참을 앉아 있었답니다. 이제 와 생각하면 나는 누군가 삶을 마감할 때 함께 있어줄 음악가로, 요리사로 존재하기 위해 태어난 게 아닌가 싶기도 하네요.

그러고 나서 15년, 세월이 참 빠르지요? 오늘은 비와 함께 바람이 많이 불고 있어요. 숲에서 이런 날은 할 수 있는 게 아무것도 없습니다. 덕분에 내게는 홀로 고요히 있는 시간이 되었어요. 이런 시간이면 나는 가끔씩 그때의 즐거운 추억을 되새기게 됩니다. 그때의 기억을 나는 슬픔보다는 마치 어릴 적 가을 소풍 때 단풍을 바라보던 것처럼 아름답고 행복한 것으로 바라보고 싶습니다. 동창회 친구들은 모두 하늘나라에 있으니 그곳에서는 이 세상 모든 경험이 즐겁고 행복하게 기억되지 않나요?

언젠가 나 역시 그곳으로 동창들 만나러 갈 때 잊지 말고 기억해 주세요. 나도 먼저 간 하늘빛 동창회 친구들 이름, 구름 너머 저 하늘의 푸른 빛 속에 하나씩 새겨봅니다. 친정어머니의 극진한 사랑을 받으며 행복한 모습으로 떠난 채영미 님(당시 31세), 아이들에게 엄마의 못 다한 사랑을 남기고 떠난 송진주 님(당시 42세), 아기를 안아보고 젖을 물려보는 것이 소원이었지만 끝내 이루지 못하고 떠난 금선희 님(당시 29세), 남은 가족에게 편안한 얼굴을 선물로 남기고 간 김미정 님(당시 36세), 떠나는 날까지 마음의 위로를 찾으려고 애쓴 최정선 님(당시 38세)……

플루티스트 용서해 셰프 올림

샨티 회원제도 안내

샨티는 사람과 사람, 사람과 자연, 사람과 신과의 관계 회복에 보탬이 되는 책을 내고자 합니다. 만드는 사람과 읽는 사람이 직접 만나고 소통하고 나누기 위해 회원제도를 두었습니다. 책의 내용이 글자에서 머무는 것이 아니라 우리의 삶으로 젖어들 수 있도록 함께 고민하고 실험하고자 합니다. 여러분들이 나누어주시는 선한 에너지를 바탕으로 몸과 마음과 영혼에 밥이 되는 책을 만들고, 즐거움과 행복, 치유와 성장을 돕는 자리를 만들어 더 많은 사람들과 고루 나누겠습니다.

샨티의 회원이 되시면

샨티 회원에는 잎새·줄기·뿌리(개인/기업)회원이 있습니다. 잎새회원은 회비 10만 원으로 샨티의 책 10권을, 줄기회원은 회비 30만 원으로 33권을, 뿌리회원은 개인 100만 원, 기업/단체는 200만 원으로 100권을 받으실 수 있습니다. 그 외에도,

- 추가로 샨티의 책을 구입할 경우 20~30%의 할인 혜택을 드립니다.
- 신간 안내 및 각종 행사와 유익한 정보를 담은 〈샨티 소식〉을 보내드립니다.
- 샨티가 주최하거나 후원·협찬하는 행사에 초대하고 할인 혜택도 드립니다.
- 뿌리회원의 경우, 샨티의 모든 책에 개인 이름 또는 회사 로고가 들어갑니다.
- 모든 회원은 아래에 소개된 샨티의 친구 회사에서 프로그램 및 물건을 이용 또는 구입하실 때 할인 혜택을 받을 수 있습니다.

- 문성희의 '평화가 깃든 밥상' 요리강좌 수강료 10% 할인
  070-8814-9956, http://cafe.daum.net/tableofpeace
- 오늘 행복하고 내일 부자되는 '포도재무설계' 재무설계 상담료 20% 할인
  http://www.podofp.com
- 대안교육잡지 격월간《민들레》정기 구독료 20% 할인
  http://www.mindle.org
- 부부가 정성으로 농사지은 설아다원의 유기농 녹차 구입시 10% 할인
  http://www.seoladawon.co.kr

회원제도에 대한 자세한 사항은 샨티 블로그 http://blog.naver.com/shantibooks를 참조하십시오.

샨티의 뿌리회원이 되어
'몸과 마음과 영혼의 평화를 위한 책'을 만들고 나누는 데
함께해 주신 분들께 깊이 감사드립니다.

뿌리회원(개인)

이슬, 이원태, 최은숙, 노을이, 김인식, 은비, 여랑, 윤석희, 하성주, 김명중, 산나무, 일부, 박은미, 정진용, 최미희, 최종규, 박태웅, 송숙희, 황안나, 최경실, 유재원, 홍윤경, 서화범, 이주영, 오수익, 문경보, 최종진, 여고운, 조성환, 김영란, 풀꽃, 백수영, 황지숙, 박재신, 염진섭, 이현주, 이재길, 이춘복, 장완, 한명숙, 이세훈, 이종기, 현재연, 문소영, 유귀자, 윤홍용, 김종휘, 이성모, 박새아, 문수경, 전장호, 이진, 최애영, 김진회, 백예인, 이강선, 박진규, 이욱현, 최훈동, 이상운, 이산옥, 김진선, 심재한, 안필현, 육성철, 신용우, 곽지회, 전수영, 기숙희, 김명철, 장미경, 정정희, 변승식, 주중식, 이삼기, 홍성관, 이동현, 김혜영, 김진이, 추경희, 물다운

뿌리회원(단체/기업)

주/김정문알로에 KIM JEONG MOON ALOE CO. LTD.
한경재단
design Vita
유기농 녹색가게 신시
사단법인 한국가족상담협회·한국가족상담센터
생각과느낌 소아 청소년 몸 마음 클리닉

회원이 아니더라도 이메일(shantibooks@naver.com)로 이름과 전화번호, 주소를 보내주시면 독자회원으로 등록되어 신간과 각종 행사 안내를 이메일로 받아보실 수 있습니다.

전화 : 02-3143-6360 팩스 : 02-338-6360
이메일 : shantibooks@naver.com